洋菓子店の娘の私と
和菓子店の息子の
十夜《とうや》は幼なじみ
向かいに建つ
ライバル店同士だ
お父さんのケーキおいしすぎると思わない？
俺のまんじゅうには敵《かな》わねぇけどな
うーん 最高！
俺
てる
顔が好きなんだ
ドキ
十夜が好き
苺ちょーだい
だめー！
でも
この気持ちは絶対
内緒

陽鞠
試作品食って！
今度は
何まんじゅう？
豚の角煮まんじゅう
もちろん
あんこ入り！
うげー
なにそれ
騒がしいけど
楽しい毎日が
ずっと続くと
思っていたのに――

――両親が事故で亡くなった

ひとりで泣くなって何度言えばわかるんだバカ
悲しみに押しつぶされそうなときいつも十夜が守ってくれた
言ったろ？
陽鞠が泣いた分俺が笑顔にしてやるって
だから今度は私が十夜を笑顔にするよ

野いちご文庫

お前が好きって、わかってる？

柊さえり

STARTS
スターツ出版株式会社

contents

.... Himari Harukawa ....

春川《はるかわ》 陽鞠《ひまり》

高1。洋菓子店の娘で大のケーキ好きだったけど、中1の時に両親を亡くしたショックで、ケーキの味がわからなくなってしまう。

.... Toya Koduki ....

香月《こうづき》 十夜《とうや》

陽鞠の家の向かいに立つ和菓子店の息子。両親を失った陽鞠を一途に支え、陽鞠のためにケーキを作り続けている。

お前が好きって、わかってる?

characters

Jun Otsuka

大塚《おおつか》 潤《じゅん》

陽鞠たちと同じクラスで十夜の親友。見た目はチャラくて不登校気味だけど、成績はつねにトップのイケメン&モテ男。通称「オージ」。

Riko Mochiduki

望月《もちづき》 梨子《りこ》

陽鞠と十夜のクラスメイトで、通称「モチコ」。いつも明るい元気っ子だけど、感情表現がストレートすぎる時も…。オージが好き？

Kentaro Itoi

糸井《いとい》 剣太郎《けんたろう》

陽鞠と十夜のクラスメイトで、通称「イトケン」。優しそうなオーラを放つ真面目くん。冷静に見られるけど、じつは涙もろい。

一定のリズムを刻む鼓動。

君を想《おも》うと、軽快なステップを踏んだかのようにそれは速くなる。

同時に波のように押し寄せてくる感情は、私の頬《ほお》を赤く染めていた。

今ではそれも懐かしく思う。

「陽鞠《ひまり》が泣いた分、俺が笑顔にしてみせるから」

両親を亡くし喪に服し続けていた私に寄り添ってくれたのは、君だった。

いつだってまっすぐで、いつだって私想いで。

どんなに心の支えだったか言葉に言い表せないくらい感謝しているのに、今はそれを伝える術がない。

だって、君は今――。

プロローグ

瞬《まばた》きをした一瞬、遮断された視界は暗闇《くらやみ》に包まれる。
それは一秒以下の世界。
瞬きをしたことにすら気づかない。
でも、私はその一瞬から抜け出せないでいる。
理由は簡単。
一度ならず二度までも、私はその一瞬で大切な人を——。

第一章 さよなら、ライバル

洋菓子店の娘と和菓子店の息子

ドタドタと階段を駆け上がってくる足音。

それは私の部屋の前で止まり、三回のノック音とともにその足音の主が姿を現す。

「陽鞠、試作品食って！」

丸いお盆には古風な陶器皿。

その上には、おいしそうなおまんじゅうが乗っている。

でも、そのおまんじゅうは見た目と味が正反対のゲテモノだということを私は知っている。

だから私は口を尖《とが》らせて文句を言うのだ。

「まだ返事してないのに勝手に入ってこないでよ」

「いいじゃん、ここは俺の部屋でもあるんだし」

「いつから十夜《とうや》の部屋になったの」

この商店街には古くから対立している洋菓子店と和菓子店がある。

パティスリー春川《はるかわ》と和菓子処香月《どころこうづき》は、向かいに位置するライバル店。

私は春川陽鞠、この非常識な、まんじゅうオタクは香月《こうづき》十夜。

私たちは店の跡取りとして生まれ、互いにライバルだと意識づけられて育った。

洋菓子と和菓子は互いに相容《あいい》れぬ存在。

でも、それは表向きだけで、じつは互いに認め合いながら良好な関係を保っている。

そんな環境で育った私たちは、ピカピカのランドセルを使い古し、今では中学一年生だ。

物事の分別もそれなりにつくし、甘味《かんみ》に対してはそこらへんの中学生を凌駕《りょうが》するほどの味覚を持っているといっても過言ではない。

ライバルでもあり幼なじみでもある私たちは、今日も一緒にいる。

「今度は何まんじゅう？」

「聞いて驚くなよ？」

「もったいぶらなくても驚かないよ」

「豚の角煮まんじゅう」

「うげー」

想像しただけで吐き気がしてきた。

毎回ゲテモノまんじゅうを試作してくる十夜に、冷ややかな視線を送ってしまう。

「うげーって、ひどくない？」

「それ、あんこも入ってるんだよね？」

「当たり前」

「うげー、何それ」

十夜の味覚は少し、いや……だいぶ人間離れしていると思う。

豚の角煮とあんこは、まだマシなほう。

昨日はペペロンチーノまんじゅうなるものを持ってきて、しばらく寝られなかった。にんにく強めのオリーブパスタに絡められたあんこ、それをまんじゅうの皮で包んでいるものだから、口内でそれぞれの味が大ゲンカ。

おかげで、口に入れてから飲み込むまでかなりの時間を要した。

「普通のおまんじゅうでよくない？　香月のおまんじゅうおいしいし」

「若いやつらの和菓子離れを知らないから、そんなこと言えるんだ。これだから無知な洋菓子店の娘は」

「ふっ。しょせん、おまんじゅうはケーキには勝てませんよーだ」

「言ったな！」

そこで取っ組み合いが始まるのは、いつものことである。

よく言えば手つなぎデート。

悪く言えば相撲。

互いに五本の指を絡ませた手を強く握り、額をくっつけて途方もないバトルを繰り返す。

洋菓子と和菓子で勝敗をつけようとすること自体が無謀《むぼう》だけれど、私たちの言い争いは日々絶えない。

「陽鞠ちゃん、入っても大丈夫？」

ふいに、部屋の向こう側から大好きなお母さんの声がした。

その声を聞いた私は取っ組み合いをしていた十夜を突き飛ばし、その勢いのまま部屋のドアを開ける。

そして、迷うことなくその胸に飛び込んだ。

「お母さん！」

ぎゅっと抱きついて小さな子どものように頬ずりをすれば、お母さんの優しい手が私の髪を撫《な》でてくれる。

胸元から聞こえる鼓動音が大好きで、これを子守歌にして寝られるくらいお母さんの腕の中が大好きだ。

ケーキにプリン、クッキーにマドレーヌ、甘くておいしそうな香りのするお母さんは私の自慢。

この幸せに浸りたいのに、幸せタイムに水を差すのが十夜だ。

「出ましたマザコン」

「うっさい」

「おばさん、お邪魔してます」

律儀に頭を下げる十夜に、お母さんも頭を下げる。

十夜はいつも私の扱いが雑だ。

意地悪だし、まずいおまんじゅうを毒味させるし。

でも、唯一いいところがある。

「十夜くんもよかったらケーキ食べていかない？」

「いただきます！」

十夜は春川のケーキがとくに好きで、いつも目を細めておいしそうに食べてくれる。

和菓子店の息子のくせに、ケーキという単語で目をキラキラさせるのだ。

じつは女子なのではないかと錯覚してしまうけれど、まんじゅうオタクだからか甘いものに抵抗がないのは称賛に値する。

そんなことを考えていると、トントンと階段を上ってくる足音が聞こえてきた。

胸元に〝パティスリー春川〟の刺繍《ししゅう》が入った厨房《ちゅうぼう》用のコックコートを身に纏《まと》うその人は、お母さんと同じく甘い香りを漂わせている。

「これはこれは、香月さんちの十夜くんじゃないか」

笑顔の裏に苛立《いらだ》ちを隠したお父さんは、私の部屋に一歩足を踏み入れるなり大人げなくケンカを吹っかけた。

それに応じなければいいものの、律儀に応じるのが香月さんちの十夜くんである。

「これはこれは春川さんちのおじさん、どうも」

この二人が顔を合わせると、ろくなことがない。

お父さんの笑顔と十夜の笑顔が対峙《たいじ》した時、バトルが開始されるのだ。

何を隠そう、この二人の仲は商店街では知らない人がいないほど険悪なのである。

「また陽鞠に毒味させてたな？」

「毒味じゃなくて味見ですよ」

「香月の人間に陽鞠は渡さんぞ」

「あ、大丈夫です。陽鞠はそういう対象じゃないんで」

バチバチと散る火花は相変わらず激しい。

さすが春川家と香月家。男同士は相容れないらしい。

それにしても、そういう対象ではないなんて地味に傷つく。

私は少しだけ十夜のことを意識しているのに……。

なんていうことは、ライバルであるうちは口が裂けても言えない。

この先も私と十夜はライバルとして生きていくのだから、恋に現《うつつ》を抜かしている暇《ひま》はない。

つまり、この想いは永遠に伝えられないもの。

そう自己完結した私は、肩を落としながらため息をつく。

「お父さんも十夜くんもケンカはダメよ?」

バトルの仲裁に入るのが女神であるお母さんだ。

そして、女神が腰に手を添えて叱《しか》る相手は決まってお父さん。

それをニヤリと笑って高見《たかみ》の見物《けんぶつ》をする十夜は、悪いヤツ。

「母さんは香月に甘すぎるんだよ」

「パティスリー春川は香月さんあってこそなんだから、仲よくやってちょうだい」

ビシッと人差し指を立てられたお父さんは渋々頷《うなず》いた。

母は強し、とはこういうことを言うのだろう。

でも、お母さんの叱り方はとても優しくてかわいらしいと娘ながらに思う。

それを証拠に、お母さんのかわいさにやられたであろうお父さんの頬は、わずかに赤く染まっている気がした。

そして、コホンと咳払《せきばら》いをすると、お父さんは口を開くのである。

「すまなかったね十夜くん。ケーキの余りでよければ食べていってくれ」

「おじさん」

「なんだ？」

「これ持ってけ、って父さんが」

和菓子処香月と印字された白い紙袋には、おまんじゅうと落雁《らくがん》が入っている。

等価交換ではないけれど、十夜はこういうところも律儀だ。

紙袋を受け取ったお父さんの瞳《ひとみ》は、流れ星が降ったかのように輝き始めた。

香月の和菓子が大好物だけれど、ライバルだから、という無駄なプライドにより自分で買いに行くことは決してない。

そのため、こうして手土産を貰《もら》えることに至上の喜びを得ている。

だから、お父さんも十夜に少し甘いのかもしれない。

「ありがとう。親父さんにもよろしく言っておいてくれ」

わずかにはにかんだお父さんに、十夜も照れくさそうに軽く頭を下げる。

なんだか見ているこっちが恥ずかしくなってしまう。

「それじゃあ、お母さんたちはお店の片づけがあるから二人でゆっくり食べてね」

「父さんは陽鞠を愛してるからな！　香月だけはやめておけ」

顔の前で腕をクロスし、禁止と言わんばかりに大きなバツ印を作るお父さんは楽しい人だ。

厳格そうに見えて、こういう面白い部分があるから憎めない。

そんなお父さんの首根っこを引っ張るお母さんは、呆《あき》れたようにため息をついた。

「部外者は早くお店の片づけをしなさい」

「邪魔しないでくれ、母さん。俺の話はまだ……」

「お邪魔しましたー」

まだこの部屋に居座りたそうなお父さんの背中を押したお母さんは、笑顔を振りまきながら一階にあるお店へ下りていった。


嵐が去ったように静寂を取り戻し始める私の部屋。

徐々に遠ざかっていく足音を聞きながら十夜は言う。

「陽鞠の親は仲よしだな」

「えっへん。自慢の両親です」

「はいはい」

パティスリー春川を経営している両親は、おしどり夫婦としても有名だ。

二人の魔法の手は、人々を笑顔にする洋菓子を生み出している。

店内にはクッキーなどの焼き菓子も置いてあるけれど、メインはケーキ。

ショーウインドウに並べられた彩り鮮やかなケーキはどれも絶品で、一口食べれば誰もが笑顔になるものばかり。

とくにいちごのショートケーキは大人気で、作っても作ってもいつもすぐに売り切れてしまうイチオシ商品である。

時刻は午後八時。

お店が閉店して売れ残ったケーキは、基本的に私と十夜の胃に入る。

甘いものは別腹、なんて言う十夜はやっぱり女子なのかもしれない。

「もしかして、私のお母さん狙《ねら》ってたりする？」

「なんでそうなった」

「さっきも鼻の下、伸ばしてたし」

「俺だって好きな子くらいいるから」

「え⁉」

初耳すぎて声が裏返ってしまった。

十夜とはいつもおまんじゅうかケーキかの言い争いしかしていなくて、そういえば恋バナというものをしたことがない気がする。

男の子と恋バナというのもおかしな話だけれど、驚いた瞬間、心にモヤがかかったのはなぜだろう。

十夜は特別スポーツができるタイプでもないし、成績はいたって普通。

和菓子を語らせたら同世代で右に出る者はいないけれど、とくに目立つ男の子というわけではない。

でも、優しさだけは人一倍持っているから、ひそかに話題に上がっていることは知っている。

「学校の子？」

「そういう陽鞠は？」

「お、お父さん」

「ファザコン」

さらりと嘘《うそ》をついただけなのに、私の心臓はせわしなく動いている。

幼なじみからの恋人は、ありそうでなかなかない。

私たちはライバルと決まった時から平行線の関係を続ける運命にあって、それ以上の関係に発展することはおそらくないと思う。

そうとわかっていて、私はそんな相手に恋をしてその気持ちを隠し続けている。

かすかな恋心がバレないよう受け取ったケーキに視線を落とした。

お皿に乗っているのは、奇跡的に売れ残ったいちごのショートケーキとチョコレートケーキ。

私が迷わず選ぶケーキは、ひとつしかない。

「いちごのショートケーキは私がもーらい」

「俺が客人なんだから、ショートケーキは俺の」

「十夜はチョコレートケーキ。はい、どうぞ」

「ちぇっ」

ムスッとしながらもフォークにチョコレートケーキを乗せてパクリと食べる十夜は、マタタビを与えられた猫のように目を細めるのだ。

本当においしそうに食べるから、見ている私までうれしくなる。

「うまい！」

「そのチョコレートケーキは、お父さんが作ったやつ」

「認めたくないけど、うまい」

そう言いながらテンポよくフォークを進めて、パクパクとチョコレートケーキを食べていく十夜。

ライバルでも認め合うこの関係は、なんとなく居心地がいい。

「ねぇ、十夜？」

「出ました女子の甘え攻撃」

手のひらを私に向けて煙たがる態度に悪意はない。

それでもワガママを聞いてくれるのが十夜だから、存分に甘えてしまう。

幼なじみだから何をしても大丈夫という考えのもと、私はおねだりをする。

「チョコレートケーキ、一口欲しいな？」

「仕方ねぇな。ほら」

フォークに乗せた一口大のチョコレートケーキは私の口元に運ばれ、それをパクッと食べれば、ほんのりビターなチョコレート味が口内に広がった。

お父さんの見た目は少し怖いけれど、その手が織り成すケーキはどれも優しい味がする。

食べると甘さがふわっと広がって、追いかけっこをするかのようにビターチョコの味がやってくる。

こんな例えもおかしいけれど、仲よくダンスをしているような味わいになるところが魅力のひとつでもある。

「お父さんのケーキおいしすぎると思わない？」

「俺のまんじゅうには敵《かな》わねぇけどな」

ズレた回答をする十夜を無視して、私はショートケーキにフォークを近づけた。

好きなものは最初に食べるかと聞かれれば、イエス。

スポンジと生クリームの層の間に挟まれたいちご、お姫様のように最上部に飾られるいちご。

いつも、それを真っ先に食べる。

当然、いちごを失ったショートケーキはバランスを崩して倒れるけれど、いつものように大好物のいちごを真っ先に口に運んだ。

いちごの甘酸っぱさが口内に弾き出ると、続いていちごについていたわずかな生クリームの甘さが追いかけてくる。

そして、それはケンカすることなく口内で調和するのだ。

「んー！　おいしい」

「いつも思うけど、陽鞠の食い方って斬新《ざんしん》だよな」

「いちごが主役なんだから、いちごから食べないと」

飾りのいちごだけでなくショートケーキの層にあるいちごもきれいに食べて、やっとメインのスポンジ部分に移る。

食べ方が汚いと十夜に言われるけれど、昔からこんな食べ方をしているからやめるにやめられない。

「陽鞠ってケーキ食う時、すげぇ笑顔になるよな」

「お父さんとお母さんのケーキは最高だもん」

すると、十夜は持っていたフォークをお皿に置いて頬杖《ほおづえ》をついた。

前髪をサイドに流した漆黒の髪は、私の猫っ毛とは違って芯《しん》がある。

いっちょ前にワックスで髪を整えているまんじゅうオタクは、私の中では最高のイケメンだ。

「陽鞠んちのケーキが最高なのは俺が一番知ってる」

続いて向けられた柔和な笑みに胸が高鳴り始める。

じっと見つめられて、どうすればいいかわからず不審者のように視線を泳がせていると、そんなことを気にも留めない十夜は心臓を叩きにくるのだ。

「俺、ケーキ食べてる陽鞠の笑顔が好きなんだ。あと、笑うとできるえくぼも」

その瞬間に、私の心臓はこれでもかってくらいに音を立て始めた。

突然そんなムードを作られても困る。

思わせぶりな言葉に振り回されて喜んでしまう私は、意外に十夜を意識しているらしい。

心臓がせわしなく動くせいで、ケーキの味がよくわからなくなってきた。

ライバルに恋心は不必要。

必要なのは、互いに高め合い認め合うことだと頭では理解しているつもりだ。

でも、それをうまくのみ込むことができない。

その気持ちもケーキと一緒にモグモグと噛《か》むことで、何も聞かなかったかのような態度で対応することにした。

「ケーキ食べ終わったら帰ってね」

「褒めてやってんのに。てか、俺の豚の角煮まんじゅう忘れてない？」

「それ食べたら後味悪くなるから嫌」

「そう言って食べるのが陽鞠のいいところ。よっ、陽鞠さん！」

おだてられて食べてしまう私も私だ。

手に取ってみたはいいものの、普通の見た目に対して鼻腔《びくう》をくすぐる香りが明らかにおかしい。

案の定、豚の角煮とあんこがケンカして試作品失敗のレッテルを貼る運命になる。

「うげー、まずすぎ」

「陽鞠の味覚おかしいんじゃねぇの？」

「その言葉、そっくりそのままお返しします」

これが私たちの日常だった。

春川と香月の悪口を言い合って、両親の作るケーキを毎晩十夜と頬張《ほおば》って。

ゲテモノの試作品にダメ出しをして再び言い合いをする。

それだけで笑顔になれたのに、神様は意地悪をした。

意地悪な神様

　中学一年生の冬。

　肌寒いという言葉では片づけられないほどの冷え込みに体を震わせながら、授業を終えた私と十夜はいつものように肩を並べて帰路についていた。

　空気よりも温かい息をハァーッと吐けば白い綿菓子が姿を現し、それは天へ昇る途中で空気に溶けていく。

「今日はおまんじゅういらないからね？」

「いやいや。試作品持ってくから試食よろしく」

「えー」

　いつもと変わらない学校帰り。

　通い慣れた商店街のゲートをくぐって、家まであと少しの距離を私たちは他愛ない会話をしながら歩く。

　軒先に並ぶ色とりどりの果物や野菜、花の美しさは、まるで宝石箱に散りばめられているような輝きを見せているけれど、何よりも目を引くのは商店街の人々の笑顔だ。

商店街にはカフェや靴専門店、幅広いジャンルの店が軒《のき》を並べている。

昔からの店がほとんどだから、みんな顔見知りで家族のように仲がいい。

「おかえり陽鞠ちゃーん！　ついでに十夜も」

前から自転車のペダルを軽快に漕《こ》ぎながら手を振っているのは、十夜のお母さんだ。

私たちの真横でそれを止めて降りると、おばさんは迷いもなく私を抱きしめてきた。

愛息子の十夜より私を溺愛《できあい》しているおばさんからは、お母さんとは違う甘い香りがする。

あんこや黒ごま、黒糖など和菓子特有の香りが鼻腔をくすぐった。

「今日もかわいいわね陽鞠ちゃんは」

「あ、ありがとうございます」

「そうそう。おやつにって陽鞠ちゃんママがプリンをお裾《すそ》分《わ》けしてくれたんだけど、相変わらず絶品だったわよ」

「おばさんに褒めてもらえるとすごくうれしいです」

パティスリー春川のプリンはなめらかな食感ではなく、少し砂糖を粗削りしたようなザラザラした食感が売りのプリン。

カスタードの甘さとカラメルソースのほろ苦さが違和感なく溶け合って、これまた頬っぺが落ちるほどおいしい。

ケーキに次いで人気の商品でもある。

「うちのパパなんて口を尖らせながら〝悔しいがうまい。このザラザラした食感が癖になるな。今日は少し多めにまんじゅう持っていかせるか〟って言ってたんだから」

相変わらず素直じゃないわよね、なんて続けるおばさんは、再び自転車のサドルをまたぐのである。

素直じゃないところは春川と香月の男性陣に言えることで、おばさんの言葉に同意するかのように頷けば、十夜が怪訝《けげん》そうに声をかけてきた。

「その頷きに悪意を感じるのは俺の気のせいかね？」

「さて？　どうでしょう」

「陽鞠のくせに生意気」

「何よ、十夜のくせに」

バチバチと見えない火花が散る。

素直じゃない私たちのライバル関係。

ライバルという呪縛《じゅばく》のせいで、春川と香月は先祖代々こんな無駄な争いを続けているらしい。

この争いは商店街の風物詩と化していて、やめ時を見失っているという説もある。

「じゃあ、ママは駅前スーパーのタイムセールに行ってくるからまたね」

かわいらしく右目でウインクをしてみせると、自転車のペダルを漕ぎ始める。

小さくなっていくおばさんの背中を見送って、私たちは再び商店街を歩き出した。

「なんだかんだ春川と香月は仲よしだよね」

「ケンカするほど仲がいいって言うしな」

「おばさんに免じて今日もゲテモノまんじゅう試食してあげるよ」

「ゲテモノ言うな」

今日は十夜にどんなゲテモノを食べさせられるのだろう……と思いながら心を踊らせていた時だった。

キキキーーッ！

聞いたこともないような甲高いブレーキ音に続き、ガシャーンとガラスが割れる音がした直後だ。

何かが爆発したのかと思うくらいの激しい衝撃音が商店街に響いた。

みんなの視線が集まる先には、パティスリー春川。

そして、私の瞳に残酷なものが映し出される。

暴走したシルバーのワゴン車が頭から突っ込み、一階部分にあるお店が原型を留めていないということは遠くからでもすぐにわかった。

「お父さん！　お母さん！」

「危ないから行くな陽鞠！」

駆け出そうとする私の腕を強い力で引き止める十夜はひどく複雑な顔をしていて、それだけでもうダメなのだと漠然と思った。

目の前で起きた現実は、まるで映画の撮影現場に居合わせているかのように私の瞳に映っている。

でも、乱れている鼓動と息、震える足がそれを否定した。

お店から立ちのぼる黒煙とともに、私の日常は天高く昇っていってしまったのかもしれない。

『陽鞠ちゃんの大好きなショートケーキ、二階の冷蔵庫に入れてあるからね』

学校から帰ると両親はいつも私のためにいちごのショートケーキを用意してくれていた。

パティスリー春川の朝は早いし夜も翌日に備えて仕込みをするしで、家族の時間は一般家庭と比べて極端に少なかったように思う。

それでも春川家は幸せに満ち溢《あふ》れていたと自信を持って言える。

いつも甘やかしてくれる両親が大好きで、今日も〝ただいま〟と言って用意してくれていたショートケーキを食べてお店の手伝いをする予定でいた。

でも、現実を突きつけるかのように騒がしいサイレンが近づいてくる。

規則的に回る赤いランプを、これほどまでに怖いと思ったことはない。

このサイレンもこの赤いランプも、一生無縁だと思っていたのにどうしてこんなことになってしまったのだろう。

まだ受け入れられない現実は私を傍観者にする。

自分の家なのに、野次馬のように覗《のぞ》き込む私の瞳に幸せは映らなかった。

パティスリー春川だったことさえわからないほど店内は荒れ果て、ショーウインドウに並べてあったはずのケーキやプリンはガラスの破片にまみれて無残な姿で散乱している。

その奥で、お父さんとお母さんはワゴン車の下敷きになって倒れていたらしい。

車の下で二人倒れているぞ、そんな情報が緊迫した商店街に響き渡る。

しばらくすると両親を担架で運び出す救急隊の姿が見えて、震える足を一歩前へ進めようとした時だった。

「陽鞠は見るな」

その言葉と同時に目に飛び込んできたのは、見慣れた中学の学ラン。

十夜の香りに包まれたせいで抑え込んでいたはずの感情は崩壊し、堰《せき》を切ったように溢れ出した涙は学ランを濡《ぬ》らしていく。

「っ……十夜……」

傍観者でいたはずの私は、その瞬間に当事者となった。

担架が運び出される時に一瞬見えた左手の薬指。

きれいに光っていたはずの結婚指輪が赤く染められていた。

「どう、して……っ」

どうして、うちなの。

どうして、お父さんとお母さんが痛い思いをしないといけないの。

「うっ、嫌だよ……お父さん……お母さん」

「陽鞠……」

サイレンの音は急ぐように商店街を走り抜けていき、それは次第に遠のいていく。

声にならない声で嗚咽《おえつ》しながら、すがるようにその胸元に顔を埋めることしかできない。

そんな私を、十夜はただ静かに抱きしめ続けている。

程なくしておじいちゃんたちに連れられ病院へ向かったけれど、到着した時には看護師たちによりエンゼルケアが施され、両親の顔には白布が被されていた。

触れればまだ温《ぬく》もりはあるのに、名前をいくら呼んでもぴくりともしない。

大好きだった両親が私の名前を呼ぶことは二度となかった。

お店にお客さんがいなかったのは不幸中の幸い。

まだ息のあった犯人は救急搬送されたけれど、最終的には息を引き取ったらしい。

やりきれない気持ちは、光となって頬を伝った。

悲嘆、憎悪、陰鬱《いんうつ》な思いだけが心に渦巻いている。


搬送先の病院で両親の死亡宣告をされた私は、まだ認めたくなくて事故現場である自宅の前にいた。

一階部分に張られている【KEEP OUT】のテープ。

警察の立ち会いのもと、父方の祖父母と二階部分に上げてもらうことができた。

事故で一階部分は滅茶苦茶《めちゃくちゃ》になっていたけれど、居住スペースの二階部分は原型を留めている。

両親が私のために作ってくれた最期のショートケーキは冷蔵庫に残されていて、それを見ただけで視界は歪《ゆが》んでしまう。

それでも亡き両親にすがりたくて、何かに取り憑《つ》かれたかのようにそのケーキをフォークですくい口内へ運んだ。

甘くておいしい。

そう感じる予定だった。

でも、懐かしさやうれしさとは別の意味を含んだ涙が頬を伝ってケーキ皿に弾ける。

「どう、して……」

一口食べて、また一口食べて。

でも、それは何度繰り返しても同じ結果だった。

「なんで……わかんない」

大好きだったはずのケーキの味がわからない。

飽きもせず毎日食べていたケーキの味が、これっぽっちもわからない。

泣きわめく私を、祖父母はその小さく優しい手で落ちつくまで何も言わずに抱きしめてくれていた。

でも、ダメみたい。

うれしいはずなのにその優しさが心に入ってこない。

麻痺《まひ》し始めた心は、私から両親の記憶をも奪い始めていた。


「かわいそうにね」

「でも、ほぼ即死だったって話だよ。苦しまなくてよかった」

喪服に身を包んだ大人たちがそんなことを言う。

まわりを見渡せば白と黒。

唯一、祭壇に飾られている花だけが光を与えてくれているけれど、色鮮やかだった私の世界は白と黒の喪の二色に支配され始めていた。

遺影の中には、いつもと変わらない柔和な笑みをこぼしている両親。

でも、棺の中で瞼《まぶた》を閉じる両親は傷だらけでぴくりとも動かない。

大好きだったお母さんの鼓動も聞こえなければ、もうその腕に包まれることもない。

陽鞠、愛してるぞ、と大きな声で愛を伝えてくれるお父さんの声も二度と聞くことはできない。

「っ、うっ……」

私の心のよりどころは一瞬にして奪われてしまった。

棺の前で膝《ひざ》を折って泣く私につられたのか、参列者のすすり泣く声が聞こえる。

どうしてみんなが泣くのだろう。

これは私が見ている夢なの。

これは私だけの悪夢なの。

それなのに、私と同じように棺で眠る両親を見ながら声を上げて涙をこぼされたら現実だと認めなければならない。

この感情も、この涙も、現実のものなのだと認めなければならない。

私はただ、両親の作るケーキをおいしいねって言いながら、この先もずっとその甘さに浸りたかっただけなのに。

神様は越えられない試練は与えないと言うけれど、これは試練なんかじゃない。

これは神様の意地悪だ。

神様の暇潰しに、私は選ばれてしまっただけなんだ。

そして、長きに渡る春川と香月のライバル関係は、こんな形で終止符を打つことになった。

それからというもの、ふとした拍子に泣き出す私を心配した祖父母に連れられ神経科などを回り、最終的に辿《たど》りついたのは精神科だった。

「おそらく御両親を亡くされたことが原因でしょう」

言われなくてもわかっていることを端的に話す精神科医に、救いを求めたいとは思わなかった。

光の宿らない瞳は、ただ視界に映るものを捉えるだけ。

「大好きだったケーキの味もわからないみたいなんです。なんとかなりませんでしょうか？」

祖父母はなんとか薬で治せないものかと食い下がっているけれど、もうこれ以上、傷口をえぐりたくなかった。

甘くて幸せに満ち溢れていたケーキは、辛い記憶を思い出させるだけ。

両親が死んだ日、私の大好物リストからケーキは消えた。

第二章
消えない記憶

歯止めをかける気持ち

あれから二年と少し。

両親の三回忌も終わり、私はケーキの味がわからないまま高校一年生になった。

私は今、パティスリー春川の跡地に建て直された一軒家で父方の祖父母と暮らしている。

お店だった一階部分も居住スペースとなり、もう甘い香りは漂っていない。

時々、午後八時に思うことがある。

トントンと階段を上ってくる両親が、閉店して余ったケーキを持ってきてくれるんじゃないか。

そうしたら、私はお母さんの胸に飛び込んでお父さんに愛を囁かれて苦笑い。

巻き戻せない時間の記憶に浸ってしまう癖は、おそらくこの先も直らないと思う。

それもあり、なんとなく両親に触れられずにすむ世界に身を置きたくて、県をまたいだ高校を受験した。

もう学校帰りにお店を手伝うこともないし思うようにしなさい、と背中を押してくれた祖父母は、両親に劣らないくらいの深い愛情を注いでくれている。

そして、もう一人。深い情で接してくれる大真面目なまんじゅうオタクがいた。

「俺も陽鞠と同じ高校に受かったんだよね」

「でも、十夜は家の近くの公立に行くから離れ……」

「一緒の高校に行くことにした」

「今なんて？」

「だから、陽鞠と一緒の高校に行くんだよ」

「片道一時間以上かかるし、十夜はお店の手伝いもあるでしょ？」

「もう決めたことだから」

異論は認めない。

そう言いたそうな十夜の瞳に吸い込まれそうになった。

あの忌まわしい事件の直後、私は自分の殻に閉じこもり、他者との関わりを拒絶していた。優しい声かけも優しい気づかいもすべてが煙たくて、そんな自分も嫌ですべてを遮断するかのように殻に閉じこもった。

でも、その殻をいとも簡単に破ってきた人がいる。

「陽鞠、試作品食ってみて！」

卵の黄身のようにもろくて弱い心を隠した殻にヒビを入れて。

「陽鞠が泣いた分、俺が笑顔にしてみせるから」

そのヒビから優しい瞳を覗かせて、手を差し伸べる。

「俺は陽鞠をひとりにしないから」

そこから救い出してくれた奇特なまんじゅうオタク。

差し出された手はとても温かくて、触れた手を優しく握り返してくれたことで心の奥に火が灯った。

私が笑えば十夜が笑う。

理由はそれだけ。

十夜の笑顔が見たくて私は泣かないことを決意した。

あの日から、十夜への想いが止まらない。

でも、この気持ちは今も隠したままひそかに膨らませている。

ドタドタと階段を駆け上がってくる足音。

それだけは変わらない日常だ。

「陽鞠！」

「またケーキ？」

「今日はベイクドチーズ」

「お店の手伝いは大丈夫なの？」

両親が亡くなった今、十夜とはライバルでもなんでもない。

向かいにある和菓子処香月にどれだけのお客さんが入っても、どれだけの売り上げが入っても、パティスリー春川がなくなった今、それを気にする必要はない。

でも、私たちの幼なじみという関係は維持されている。

「どうだ？」

「うん、おいし……」

「ダメか」

演技力を身につけられない私も悪い。

十夜お手製の手作りケーキをフォークに乗せて口内へ運び、モグモグと噛んで味わうフリをする。

続いて笑顔をこぼして〝おいしい〟と言えば、その嘘はすぐに見破られるのだ。

「本当においしいよ？」

「嘘つき」

「なんでわかるの？」

「陽鞠は作り笑いをする時、えくぼが出ない」

右手人差し指を立てて、鼻高々に言う十夜を見ながら思わず苦笑した。

私のチャームポイントは、笑うとできる右頬のえくぼ。

両親にかわいいねと褒められていたえくぼは、あの事件以降、消息を絶っている。

「せっかく作ってくれたのにごめんね」

フォークを置いて俯《うつむ》けば、私の頭にふわりと十夜の手が乗せられた。

大きくて温かい手は、お父さんの手よりも少し小さくて、とても優しい。

もう泣かないと決めた私の心を十夜はいつも崩してくる。

そして、悲しみは光となって頬を伝った。

「大丈夫だ。俺が最高のケーキを作ってやるから泣くな」

ふいにこぼす十夜の柔和な笑みに、胸の奥がひどく揺さぶられる時がある。

この笑顔に私はどれだけ救われてきたかわからない。

多くは語らない十夜だけれど、いつもまっすぐ私に向き合ってくれる優しい人。

私が今こうして前を向いていられるのは、十夜の存在あってこそだといっても過言ではない。


『ケーキの味がわからない』

それを十夜に告げたのは、あの忌まわしい事件から一年後のことである。

それまで私はケーキをおいしく食べるフリをし続けてきて、そろそろ本当のことを十夜に打ち明けようと思ったのがきっかけだったと思う。

「一応聞くけど、いつから？」

「あの日から。あの日からずっとわからない」

「バカ。知ってたし、そんなこと」

さらさらの黒髪を両手でグシャグシャにしながら、十夜は大きなため息をひとつ漏らした。

騙《だま》していたことに怒りを覚えて、これはもう突き放されるやつかもしれないと思う私の気持ちはすぐに覆される。

「いつ言ってくれんのかなって、ずっと待ってたんだ」

「え？」

「ケーキを食べたら必ず陽鞠の顔にはえくぼができるのに、あの日から一度も見てないから」

十夜の観察眼は、たまに怖い時がある。

両親が亡くなってからというもの涙に溺《おぼ》れる毎日を過ごしていたけれど、十夜は変わらず笑顔で接してくれていた。

十夜も私の両親を好いていたから同じくらいショックを受けているはずなのに、まだ現実を受け入れられない私への配慮からそうしてくれていたのだと思う。

自分まで泣いたら余計に私を苦しめるとわかっていたから、優しすぎる十夜はそれを選択したのかもしれない。

だから、私も泣かない努力を選択した。

十夜が笑ってくれるなら私も笑おうって、そう思ったから。

作り笑顔から始め、それなりに笑顔を作れるようになってきたけれど、やっぱり心の底から笑うことはできないみたいで、それをえくぼの不在で見抜かれたらしい。

「すごいね、十夜は」

「何年幼なじみやってると思ってんだよ」

「ですね」

観念したように肩を落とす私の髪を、大きな手が無造作にグシャグシャにしてきた。

肩まであるお母さん譲りの猫っ毛は、あっという間に寝起き同然の髪になる。

離れていく手を見ながら私は口を尖らせて、うれしさを隠しながら文句を言う。

「ちょっと、ボサボサにしないでよ」

「俺が作ってやる」

「何を作るの？」

きょとんと首をかしげる私に、十夜は失礼なことに右手人差し指を向けてきた。

人を指差しするのは失礼なことだと忠告しようとする私の前で大きく息を吸うと、十夜は少し声のボリュームを上げて私にこう言うのだ。

「陽鞠の親の代わりに、笑顔になる最高のケーキ作ってやるから待ってろ！」

その優しさに唇は震え、かすかに視界も歪んできた。

泣かないと決めた私の心を崩すのはいつだって十夜で、少しだけうれしくなる。

十夜の優しさは押しつけがましくないし、水が喉《のど》を潤すようにその優しさを自然と受け入れられるから感心してしまう。

「ありがとう。でも、お店の手伝いもしないとおばさんたち困るよ？」

「陽鞠を笑顔にできないのに、他の客を笑顔にできるわけないだろ？」

そして、私の恋心に入り込んでくるのもうまい。

もうライバルではなくなったし気持ちを隠す必要もないのだけれど、この関係を後退させたくなくて歯止めをかけてしまう。

それからというもの、和菓子店の息子は手慣れないケーキを私のために毎日作り続けてくれている。

ゲテモノまんじゅうの件もあるから、きっとこの見た目のいいケーキの味もゲテモノかもしれない。

そう思いながら、本日届けられたモンブランケーキをパクリと食べる。

舌の上には確かに何かがあるし、モンブランケーキを食べた自覚もある。

でも、何度噛んでもその味は現れない。

「ダメか」

「まだ笑ってもないけど」

「口に入れた時点でわかるようになってきたわ」

指二本でピースサインをする十夜は、どこか楽しそうにも見える。

それがなんだかおかしくて笑ってしまった。

「あーあ。あと一歩なんだけどな」

「あと一歩?」

「ここまで陽鞠の笑顔を引き出せるのに、えくぼが出ない」

「こだわるね」

少しだけ小バカにしたように言えば、私の右頬を十夜の人差し指がつついてきた。

「えくぼさーん、ここですよ。そろそろ戻ってきませんかね?」

「誰に言ってるの?」

「陽鞠が隠した照れ屋のえくぼ」

高校一年生とは思えないほど幼稚な発言に呆れるべきなのだろうけれど、惚《ほ》れた弱みというのは強いもので私の心臓はせわしなく動く。

おかげで血液は一気に全身を駆け巡り、それは顔に集中して耳まで赤くなっていくのがわかった。

「熱か？」

「ね、ね……ね、熱じゃないです！」

「『ね』、多くない？」

ふっとこぼした十夜の笑みに、私の思考は完全にショートした。

男のくせにあざとい笑みをこぼすなんて卑怯《ひきょう》だと思う。

でも、もっとその笑顔が見たい。

私も十夜と同じ願いを抱えていることを、きっと十夜が知る日は来ないのだろうなと思うと、それはため息となって空気に溶けた。

「そういえば、ケーキ以外の味はわかるのか？」

「うん。プリンも焼き菓子も。あ、おまんじゅうも」

「それは俺に試作品を持ってこいっていう振りだったりする？」

「ゲテモノ拒否しまーす」

「おい」

両親が亡くなって、心のよりどころを喪《うしな》ったはずだった。

でも、そこに空気のようにスッと入り込んできた十夜。

いつの間にか十夜の存在が大きくなってきて、生クリームのようななめらかさで私の心を守ってくれている。

甘くて、甘くて、これは間違いなく甘い恋心。

「陽鞠」

「ん？」

「えくぼが戻ったらさ、陽鞠に言いたいことがあるんだ」

「今聞くよ」

「ダメ。その時はうれし泣きさせてやるからな」

ツンと額をつつかれて体が少しだけ後ろに反った。

特別何を言い合ったわけでもないのに、私たちの頬はいちごのように赤くなる。

小さく頷く私に十夜は再び笑みをこぼすと、また明日と言って家に帰っていった。

いつ思い出せるかもわからないケーキの味。

十夜は私の大好物がケーキだと知っているから、悩みを打ち明けてからは必死になってケーキの勉強をしてくれている。

最初こそ、ゲテモノまんじゅうならぬゲテモノケーキという見た目だったけれど、今ではそれなりにおいしそうなケーキを作れるまでに至っているからすごい。

和菓子店の息子のくせに、いつか洋菓子店をあっと言わせるケーキを作ってしまいそうな勢いだ。

でも、こんなにも真摯《しんし》に向き合ってくれる十夜の頑張りに、私の味覚は応えてくれない。

大好きだったケーキの味を思い出そうとすればするほど、あの忌まわしい瞬間が顔を覗かせ私の心を引きずり込んでいく。

まるで、私だけが生き残ったことを責められているような気分になる。

もうこのままでもいいか……。

そう諦めてしまえばラクになるけれど、十夜が私のために頑張ってくれているのだから私にそれを選択する権利はない。

大好きな十夜の思いを踏みにじることだけはしたくないから。

それにしても、先ほど十夜に言われた言葉が頭から離れない。

『陽鞠に言いたいことがあるんだ』

言葉の意味を知りたくて心がそわそわするのは、それを暗い表情で言っていなかったからだと思う。

きっといいことなのだろう、という憶測を立てながら口元を綻《ほころ》ばせた。

でも、その言葉を聞ける日が来ないかもしれないことを、この時の私はまだ知らない。両親の死をまだ受け入れられていない私は、時間に限りがあることを知ろうともしなかったんだ。

高校での出逢い

家から電車で一時間ほど離れた場所にある私立南実《みなみ》高校は、のどかな丘の上に建つ由緒ある共学だ。

とくに力を入れているのは野球部で、何度も甲子園に出場している強豪校らしい。

甘味にしか興味がなかった私は野球のルールさえもよくわかっていないけれど、甲子園出場がすごいということだけはわかる。

高校生活にも慣れ、夏休みが明けた九月。

まだわずかに残った夏の陽射《ひざ》しと暖かい風は、もうすぐそこまで来ているであろう秋を拒むかのように居座っている。

「お店も火曜日定休日だし、その日だけ野球部で体を動かしてきたら？」

「野球のルールがわかんないのにできると思うか？」

「うーん。私たち甘味バカだもんね」

「それ」

昼休み、中庭でランチをする私と十夜は野球という言葉に拒否反応を示していた。

何かに打ち込むというのは素晴らしいことで、それは物事すべてに当てはまる。

私たちのそれは、お店のために貢献することだった。

「高校入って半年たつし、陽鞠も部活入ったら？」

「私は……いいや」

「ごめん」

「え！　今謝ることあった？」

「いや、友達増えるってアドバイスしようとしてミスった」

気まずそうに黒髪をボサボサにする十夜を見て察してしまった。

私が間を置いてしまったことで、十夜も私の抱えている不安を察したのだからお互い様である。

「私もごめんね」

「謝んなって。俺と同じで陽鞠も早く家に帰りたいだけ。それだけで十分、はい終わり」

パンッと両手を叩いてこの会話を掻《か》き消した。

その優しさに胸の奥が熱くなる。

部活に興味はあるけれど、やっぱりあの日のトラウマは消せない。

もう少し早く帰っていれば、生きている両親に会えたかもしれない。

もう少し早く帰っていれば、両親を助けられたかもしれない。

〝たられば〟に苦しめられる日々は終わらない。

もしも、今一緒に住んでいる祖父母も同じ目に遭ったらどうしよう……という恐怖心とつねに隣り合わせで生きている。

「ほら。デザートやるから」

「デザート？」

「香月特製、黒ごままんじゅうだ」

にっと白い歯を見せて笑みをこぼす十夜に、私の心は踊らされっぱなしだ。

緊張で少し震える手を差し出しておまんじゅうを受け取り、透明なフィルムを剥《は》がしてそれを一口食べる。

黒ごま独特の香りが鼻腔をくすぐって、その香りを堪能する間もなく甘味が広がっていく。

「おいしい」

「だろ？」

本当においしい。

これは、お父さんが目をキラキラさせて愛した味でもある。

ケーキの味はわからないけれど、お父さんの愛した味がわかるだけでも幸せなのかもしれない。

「ありがとう、十夜」

「礼は俺の親に言って。俺、ケーキしか作らない親不孝者だし」

「それは、私のためだから親不孝者じゃないよ」

そう言い終えると同時に手が伸びてきて、私の髪はグシャグシャにされた。

これは十夜の照れ隠し。

わかっているからそれ以上何も言わないし、十夜もそれ以上何も言わない。

この自然な関係に居心地のよさを覚えた時だった。

「お二人さん、相変わらずラブラブじゃないっすか？」

平均より少し高めの身長、柔らかそうな茶髪が風に揺られると、たれ目の二重瞼がよく見える。

両耳にはピアスではなくイヤリングが飾られ、不登校児の彼は学校へ来ても午前で帰ったり保健室に居座ったりしているヤンチャ系。

一ヶ月学校に来ない時もある。

それなのに成績はトップスリーに入るイケメンの大塚潤《おおつかじゅん》、通称オージだ。

なぜかオージはスクールバッグに加えて、いつも肩から黒いショルダーバッグを携えている。

「親友に向かってその言葉はないんじゃないの？」

「潤は暇人か」

オージの見た目は距離を置きたくなるタイプだけれど、その見た目に反してとても誠実で温かい人である。

そんな十夜とオージはどこで仲を深めたのか、親友と呼べる間柄になった。

肩を組んで楽しそうにしている二人を見ていると私まで心が温かくなる。

そして、オージのあとを追って走ってくる生徒が二人。

「こーら、オージ！　ゴミはゴミ箱に捨てなさいって何度言えばわかんの？」

購買のビニール袋を天高く掲げて振り回すお団子ヘアの女の子は望月梨子《もちづきりこ》、通称モチコ。

感情表現が豊かな元気っ子。

「モチコ走ったら転《こ》けるよ」

いかにも優しそうなオーラを出した真面目くんは糸井剣太郎《いといけんたろう》、通称イトケン。

メガネのレンズから覗く瞳は、つぶらでかわいらしい。

三人は私と十夜のように幼なじみの関係だ。

そんな三人と仲よくなったのは、入学してわりとすぐの頃だった。

きっかけは単純。

野球の軟式ボールで壁当てしていたオージの近くを通りかかった際に、オージがキャッチし損ねたボールを運悪く私が顔面キャッチ。

それがきっかけで、このメンバーを引き合わせたのである。

「オージ！」

「いって」

「私はあんたのママじゃないんだから、ゴミくらい自分で捨てなさい！」

「はいはーい」

必死に叱るモチコの言葉を遮るように、両耳を塞ぐオージは少しあどけない。

そんなオージは不登校児のくせに女子たちの視線を集める王子様。

私は十夜しか眼中にないからオージのよさがあまりわからないけれど、さっきから痛いくらいに突き刺さる女子たちの隠れた視線がそれを肯定させる。

「陽鞠ちゃんごめんね。オージが邪魔して」

「邪魔？」

「んもう、十夜くんとのラブラブタイムをだよ」

耳元でこそっと言うモチコも、じつはオージと同じで暇人だと思う。

そういう関係でないことはモチコが一番よく知っているはずなのに、こうしてちょくちょくからかってくるのだから頭を抱えてしまう。

わずかに頬を赤く染めたことで十夜の探りの視線が入り、それに勘づかれる前に話を逸《そ》らすことにした。

「オージ、ゴミはちゃんと捨てないとダメだよ」

「陽鞠ちゃんがそう言うなら今後は気をつける」

そう言って私の頭に触れようとしたオージの手は、十夜によって勢いよく払われる。

パシッと手を払われたオージは、まんざらでもないような顔でその手を引き下げた。

仲のいい二人は、たまにこうして変な空気になることがあるから不思議だ。

「十夜どうしたの？」

「虫が、陽鞠のまわりを飛んでただけだから気にすんな」

「俺、虫？」

ゲラゲラと笑うオージを怪訝そうに見る十夜は、ため息を漏らした。

その仲裁に入るのはイトケンで、お母さんみたいな役割を担っている。

「そのへんにしときなよオージ。君が今やるべきことはゴミをゴミ箱に捨てること」

その言葉にモチコは満面の笑みで激しく頭を縦に振っている。

よほどイトケンの発言に共感したのだろう。

渋々とそれを受け入れるオージは、ゴミを手に持つと肩を回し始めた。

なんとなく想像はできたけれど、全員がそれを静かに見守る。

そして、ブンと投げられたそれは少し先に置いてあるゴミ箱に見事イン。

よっしゃ、と握り拳を作って喜ぶオージに、モチコは「ゴミは投げるものじゃありません」と口を尖らせながらお団子ヘアでオージの背中をつつくのだ。

これもいつものじゃれ合い。

いつもなら苦悶《くもん》の表情を浮かべ仕返しをするのだけれど、オージは「うっ」と一言発した状態で膝を折り、そこにうずくまったまま動かなくなった。

賑《にぎ》やかだったムードは一変し、暗雲が立ち込めたようにみんなの空気が淀み始める。

お団子ヘアで背中をつつかれただけのはずが、なぜか胸元を押さえてひどく苦しそうにしているオージはぴくりともしない。

嫌な焦燥感を覚えたと同時に、モチコが風のように駆け寄った。

「オージごめん！」

「……」

「ねぇ、何か言ってよ……死んじゃ嫌だよオージ！」

瞳に涙を溜《た》めて震える声でモチコが言うのを見て、私は無意識に右足を一歩後ろに引いた。

その動揺が私をあの時間へ連れ戻す。

苦しくて、痛くて。

両親はこの何百倍かもわからない痛みに突然襲われて、それから、それから……。

始まった。

いつも前触れもなく突然やってくる厄介なやつ。

震える足は徐々に全身の力を奪っていく。

「なーんて、うっそー」

遠くでオージのイタズラに笑う声がする。

それを叱責《しっせき》するモチコの声も。

まるでそれは水中で聞いているかのような曖昧《あいまい》な会話。

あれがオージの演技だとわかったはずなのに、もう止められない。

苦しい……。

息の仕方がわからない。

吸気量が多すぎて、自分でもわかるほどの過換気《かかんき》を起こしている。

指先が冷たくなって、それは小刻みに震え始めた。

大丈夫、これもいつものこと。

こういう時は落ちついてゆっくりと息を吐き出して……。

「陽鞠！」

頭では理解していてもフラッシュバックは止まらない。

あのブレーキ音もお店がグチャグチャになった音も、ぴくりとも動かなかった両親が担架で物のようにして運び出された記憶も。

何もかもが一気に押し寄せる。

喉がカラカラになるほどの過換気に襲われ目の前が真っ白になった直後、名前を呼ばれたのを最後に私は意識を手放した。


「陽鞠ちゃん、二階の冷蔵庫にいちごのショートケーキが入ってるから、食べたらお手伝いしてもらってもいい？」

「またそうやって私をショートケーキで釣《つ》るんだから」

「忙しかったら無理しないで大丈夫よ」

「うそうそ。全力でお手伝いさせていただきます！」

「ありがとう。陽鞠ちゃんのおかげでお母さんもお父さんも大助かりだわ」

あの日も、こんなふうに当たり前の日常を送る予定だった。

甘い香りに包まれたパティスリー春川。

甘い香りに包まれた優しい両親。

自然と笑みがこぼれたあの時間は、まやかしだったのかもしれない。

最終的に辿りついた判断がそれだった。

自分の過去に目を背けて生きる。

それでいいと思っていた。

でも、それは間違いなのだと教えてくれた人がいる。

「――り、ひまり」

私を呼ぶ優しくて弱々しい声。

いつだってそう。

意識を失って戻れないでいる私の耳元で、十夜は目覚めるまで呼び続けてくれる。

だから私は、この重たい瞼を開けようと思う。

だから私は、両親との記憶をまやかしにしたくないと思う。

私が目覚めてあげないと、その弱々しい声はどんどん震えて今度こそ十夜は涙を流してしまうから、私はいつも重たい瞼をゆっくりと開けるのだ。

「ひまり!」

「おはよ、十夜」

「はぁ……おはよ」

いつも意識を失うのは一瞬。

わかっていても、この時間はとても長く感じる。

私を見つめて安堵のため息を漏らす十夜は、眉尻《まゆじり》をこれでもかというくらい下げて困ったように笑みをこぼした。

十夜との時間は鉛のように重たい私の心を軽くしてくれる。

目を背け続ける予定だった両親との記憶があるからこそ、そう思えるのだと思う。

現実と向き合うきっかけを与えてくれたのは、紛れもなく十夜だ。

「大丈夫か？」

「うん。私の注意不足だった」

続けて〝ごめん〟と唇を動かそうとすれば、オージたちがとても心配そうに顔を覗き込んできた。

もしかして、私は九死に一生を得たのかなと思うくらいの感覚に陥る。

「みんな、驚かせちゃってごめんね」

「悪い、俺が変な演技したから」

「ううん。オージに何もなくてよかった」

すると、その後ろにいるイトケンが滝のように涙を流して泣いているのが見えた。

真面目でクールなイトケンは涙もろい男らしい。

「君たち心配かけないでよ」

「泣き虫なんだから、イトケンは」

それを言うモチコも、目尻に溜まった涙を指で拭《ぬぐ》いながら小さく笑った。

この三人には私の過去を話したことがない。

話せば今以上に仲を深められると思うけれど、無意識に記憶の共有を恐れている。

あの日から同じ時間をさ迷って、同じ場所で足踏みをしている私はいつになったら前進できるのだろう。

「もしかして、陽鞠ちゃんもどこか体の具合悪い？」

「も？」

「モチコ、余計なこと言うな」

私とモチコの話に割って入ってきたオージは少し低い声で言う。

その一言でモチコは唇を固く結び、イトケンは気まずそうに視線を外した。

私がみんなに隠し事をしているように、オージたちにもそれに等しい何かがあるのかもしれないと、ただ漠然と思った。

すると、突然私の目の前にオージの手が運ばれて目を丸くする。

訳を理解できずに瞬きを繰り返していると、パチンと指を弾いて現れたのはよく見るペロペロキャンディーだった。

オージが女子に人気なのは、イケメンだからという理由だけではない。

「元気、出た？」

マジシャンみたいに手の中からペロペロキャンディーを出して私に手渡すオージは、

一時的な王子様。

あどけなかった笑顔が嘘のように優しくなって、少しだけ格好いいと思った感情を掻き消すように頭を左右に振った。

「オージ、ありがとう」

「どういたしまして」

不思議な人。

優しさの在《あ》り方は人それぞれだけれど、オージの優しさは悩みや苦しみを受け止めるというより、他のものに視線を逸らせて忘れさせてくれる感じだと思う。

「んじゃ、昼休みもそろそろ終わるし教室に戻って寝るか」

「ちゃんと勉強しなさい」

相変わらずモチコに小言を言われるオージを不憫《ふびん》に思っていると、十夜の視線を感じてそちらに視線を動かした。

まるでここには私と十夜の二人しかいないみたいに見つめてくる瞳。

まっすぐ見つめられて胸が高鳴っていく。

「私の顔に何かついてる？」

「まんじゅうの皮ついてる」

「どこ⁉」

無言のまま伸びてくる十夜の手は私の口端に触れて、ついていたおまんじゅうの皮をつまむけれど、次の瞬間、十夜は何を思ったか、それをそのまま口に入れるのだ。

「やっぱ香月のまんじゅうは皮までうまいな」

そして何事もなかったかのように言うと、先を歩くオージたちの背中を追いかける。

私だけが動揺して、私だけが十夜を意識していて少しだけ悔しくも思う。

でも、十夜には好きな人がいるから私の恋心は足踏みをするしかない。

ライバル関係ではなくなった今、歯止めをかける必要はないのだけれど、そうしないのは進展や後退によって十夜との心地いい関係を壊したくはないから。

だから、私のえくぼも不在のままなのかもしれない。

この想いを十夜に伝えない限り、ケーキの味がわかるようになっても私のえくぼは戻らない。

拭いきれない葛藤《かっとう》を抱えながら、私も小走りでみんなの背中を追った。

言えない秘密

一時的に教科書や参考書と恋人同士になる実力テストも今日で終わり、終業のチャイムと同時にクラスからは歓喜の声が上がった。

みんなの瞳に光が宿り、解放という二文字が私たちを笑顔にする。

本日火曜日は、和菓子処香月の定休日。

こんな日こそ羽を伸ばして友達と遊べばいいのに、十夜はそれをしない。

「陽鞠、帰ろ」

「私、先に帰るから十夜はオージたちと遊んできて大丈夫だよ」

「やることあるし」

それが私のためのケーキ作りだということはわかっている。

真面目というより頑固。

そんな十夜への想いは日々溢れるばかりだ。

ケーキの味がわからないと打ち明けてからというもの、いびつだけれど確かにおいしそうなケーキを作り続けてくれている十夜。

きっと、それを見たお母さんは笑顔で称賛して、お父さんはブツブツと粗探しをしながらも最終的には大絶賛するのだろうなと思うと少し笑みがこぼれた。

「思い出し笑い？」

「お母さんとお父さんが十夜のケーキ見たらどう思うかなって、考えてた」

「香月を勘当されたらうちで雇ってやってもいいって、おじさん言いそう」

「確かに。なんだかんだお父さんも十夜のこと気に入ってたみたいだし」

「おじさんたち以上のケーキを作ってみせるから楽しみに待ってて」

この無邪気にこぼす反則級の笑顔に弱い。

例えるならクリームブリュレ。

カスタードクリームの甘さが口内を独占するかと思いきや、焦がし砂糖のほろ苦いカラメルが自己主張をしてくるように、十夜の笑顔は予期せず私の心臓を叩いてくる。

この気持ちを素直に伝えられたらどんなに幸せだろう。

はやる気持ちを抑えてスクールバッグを持ち、教室を出ようとした時である。

背後から気配を感じると同時に、聞き慣れたかわいらしい声が早口言葉のように耳に届いた。

「陽鞠ちゃんと十夜くん、このあと暇だったりする？　するよね？　じゃ行こう！」

強引すぎるモチコの誘いに断りを入れるタイミングを失い困っていると、イトケンが間に入ってくれた。

「モチコ落ちつきなって。二人とも困ってるから」

「だって、オージにバレる前に行かないと」

「俺が何ー?」

この幼なじみ三人は、気づけばいつも一緒にいて仲がいい。

私と十夜もこんなふうに周囲から見られているのだろうか。

そう思うと少し心がくすぐったい気がした。

オージもめずらしくこの実力テスト期間は毎日登校している。

この学校のヒエラルキーのトップに君臨しているといっても過言ではないオージは、どうやらテストが好きらしい。

今回の実力テストに限らず、前期の中間テストと期末テストも皆勤で、テスト好きの変わり者というイメージが私の中で定着しつつある。

「げっ、オージ」

「げっ、て傷つくし。どうせ駅前のカフェ行くんでしょ?」

「うっ」

その反応からしてモチコの心は見透かされたのだろう。

つい先日オープンしたばかりの駅前のカフェは、とくに若者に大人気のおしゃれカフェらしい。

私も小耳には挟んでいたけれど、そういうカフェは必ずといっていいほどケーキを全面に押し出してくるから私には無縁の場所だとスルーしていた。

それにしても、カフェに行くことをオージにバレて何も困ることはなさそうなのに、モチコは気まずそうに視線を足の爪先に落としたまま動かない。

不思議に思いながらも見守っていると、イトケンがすかさずフォローに入るのだ。

「ごめんオージ、モチコも悪気があったわけじゃないんだ」

「知ってるよ。モチコは昔から気にしいだからな」

「駅前のカフェ行こうと思うんだけど、オージも行けそう？」

「今日は調子いいし行こうかな」

私にはわからない幼なじみの会話。

調子がいいという言葉が何を指しているのか私には皆目見当がつかないけれど、そこに踏み込むような関係ではないから聞かない。

私だって両親のことやケーキの味がわからないことを隠しているし、どちらかといえばそれを聞かれたくないほうに重心が傾いているから聞けない。

「陽鞠ちゃんと十夜も行くんだろ？」

「ごめんねオージ、私は先に帰るから十夜だけ連れてってあげて」

「どうして？」

「えっと、あんまりお腹すいてなくて」

「きっとカフェに入ったらお腹もすくって」

オージの眩しすぎる笑顔に負けて押し黙ってしまった。

私はまだケーキの味がわからない。

どういう顔をして口を動かしたらいいのだろう。

おいしいと偽りの言葉を吐けば、みんなを誤魔化せるだろうか。

そんな不安ばかりが押し寄せて、断るに断れなくなってしまった。

これはもう強行突破で私だけが家に帰るしかない、と決意した気持ちを十夜はさらりと崩すのだ。

「行こうか陽鞠」

「でも私は……」

「みんなで食べたらおいしく感じるかもしれないし」

確かにあの日からケーキを食べる時はひとりか十夜と一緒で、十夜以外の人と語り合いながらケーキを食べたことがない。

だからといって、もう年単位で味が思い出せないのに何か変わるのだろうか。

「おばあちゃんたち、今日は午後からゲートボールって言ってなかったか？」

「う、うん」

「じゃ、心配事はひとつ消えたな」

十夜のその誘い方はとてもずるいと思う。

家におばあちゃんたちがいなければ、あの時みたいな出来事をそこまで心配せずにいられる。

渋々頷いた私は不安に押し潰されそうな心を抱えて、みんなと駅前のカフェへ向かった。

先週オープンしたカフェは賑わいを見せていて、実力テストを終えたこの時間は学生が大半を占めていた。

順番待ちを終えて席に案内された私たちは、そのきらびやかな内装に瞳を輝かせる。

窓の一部はステンドグラス仕様になっており、外の光が射し込むとそれは虹《にじ》のような輝きを見せる。

できたばかりのきれいな店内には甘い香りが漂っていて、懐かしさを覚えた。

バニラビーンズの香りやカラメルの香り。

すべての香りは甘くて笑顔になるはずなのに、その甘さに少しだけ心を痛めていた。

「今日のオススメはメロンのショートケーキだって」

うれしそうに発せられたモチコの言葉を受けて作り笑顔をこぼしたのは、おそらく私だけ。

大丈夫。いちごのショートケーキではない。

とくに思い入れのあるいちごのショートケーキだけは今も見るのすら抵抗があって、十夜にもどうかそれだけは作らないでほしいと伝えてある。

「陽鞠ちゃんどれにする？」

「え、あ……」

どうしよう。

言葉を覚えたての子どものように一文字ずつしか出てこない。

普通でいないと。

そう思えば思うほど耳が遠くなっていく。

「陽鞠」

気が滅入《めい》りそうになった直前、十夜に呼ばれた私の名前だけが光の矢となって耳に入ってきた。

同時に頭に乗せられる大きな手に、不安が吸収されていくみたいに心が落ちついてくる。

「ごめん十夜」

「こういう時は、ありがとう」

「ありがとう」

ん、と言って慰めるようにポンポンと二回頭を優しく叩いた手は静かに離れていく。

これはダメかもしれない。

十夜との関係をもう一歩踏み出したい、と思ってしまう天邪鬼《あまのじゃく》な心が見え隠れしている。

さらに手を伸ばせば、すぐに十夜へと届くこのポジションを誰にも取られたくないとも……。

「ハイハイハイ、お二人さん。イチャつかないでメニュー決めてくれませんかね？」

テーブルに頬杖をついてイタズラに笑みをこぼすオージは、やっぱり王子様よりヤンチャ坊主だ。

オージがメニューを手渡してくれるということは、注文するものを決めたのだろう。

「そういうオージは何にしたの？」

「俺？　ペリエ」

「ペリエ？」

「炭酸水。おしゃれっしょ」

オージの言葉に、俯きっぱなしだったモチコがやっと視線を上げた。

その瞳はわずかに揺れている。

「モチコ?」

「私もケーキやめてペリエにする」

パタンと閉じられたメニューはモチコの腕の中に収まった。

メロンのショートケーキに瞳を輝かせていたはずなのに、その輝きは消え、今は波のように揺れている。

もしかして、モチコはオージのことが好きで同じものを注文したいからケーキを我慢しているのだろうか。

心で詮索《せんさく》していると、イトケンは冷静に毒を吐いた。

「モチコのそういうところ嫌い」

「なんでそうなるの?」

「オージと一緒に我慢してどうすんの。それじゃなんの解決にもならないから」

俺はメロンのショートケーキ、と言ってメニューを閉じるイトケンからは悪意を感じられない。だけど、私たちを取り巻く空気が微妙になる。

我慢に解決。

それはまるで私にも該当しそうなワードで、少しだけ当事者になった気分になる。

気まずい雰囲気を破ったのはオージだった。

「ちょいちょい。陽鞠ちゃんたちもいるんだからさ、この話はやめようよ」

「オージが食べられないのに私だけ食べるなんてやっぱダメだよ」

「そういうのなしにしようって俺ずっと言ってるよね」

「でも……」

「でもじゃない」

まるでカフェ内に暗雲でも立ち込めたのかと思うような雰囲気に、私は唇を動かすことをためらった。

前々から思っていたけれど、私の知り得ない深い事情が三人にあるのは明白で、戸惑いを隠せない。

隣に座る十夜は気にも留めていない様子でメニューを見ているし、この温度差に発狂してしまいそうだ。

「あ、あの……」

「ごめんね陽鞠ちゃん。モチコは俺のことになるとまわりが見えなくなるんだ」

それは幼なじみとしてなのか、一人の男の子として見ているからという意味なのだろうか。

それよりも、オージと一緒に我慢ということが少し気になった。

「オージ、じつは甘いもの苦手とか？」

「大好物。でも、今は甘いもの食べたらダメなの」

その瞳がわずかに揺れて、こぼした笑みが困っているようにも見えた。

だから、それ以上は踏み込んではならないと私の心が危険信号を出している。

こういう時に、この場をうまくやりすごす言葉はひとつだけ。

「そうなんだ」

「なんでって聞かないんだ？」

「え？」

「女子って〝なんで病〟だから陽鞠ちゃんも聞いてくるかと思って」

理由を聞いてほしそうな言葉なのに、聞いてくれるなよという思いがヒシヒシと伝わってくる。

そう感じるのは、オージの抱えている何かが、私と同様に陰鬱なものだからなのかもしれない。

確信ではなく漠然とそう思っただけだけれど、自分と重ねて見てしまった。

本当は聞きたいことはある。

どうして学校に来ないのか。

どうして肌身離さず黒のショルダーバッグを持っているのか。

どうして甘いものがダメなのか。

でも……。

「オージの瞳が聞かないでって言ってたから」

みんな心に抱えている悩みはさまざまで、その種類も重みも違う。

言ってラクになる人。

言わないで悶々《もんもん》としながらそれを受け止めていく人。

私は後者。

だからこそ深く突っ込まれて傷つくのが怖い。

私にもきっとこの辛い過去を自分から話そうと思える日が来るかもしれないから、それまでは秘密のままにしておきたい。

「陽鞠ちゃんにはいつか教えてあげようかな、俺のこと」

なぜか最後に「ありがとう」の五文字をつけ加えてオージはそう言った。

当然、私の頭上には疑問符が浮かぶ。

感謝をされたということは、オージも私と同じ後者の悶々タイプなのだろうか。

「じゃあ俺以外みんな、メロンのショートケーキということで」

「あの私は……」

「陽鞠ちゃん違うのに決めてた？」

こういう時は協調性を重視しなければならないとわかってはいるけれど、どうしてもケーキへの抵抗感が拭えない。

言葉に詰まった私を見て、今度はオージが先ほど返した私の言葉を返してきた。

「陽鞠ちゃんの瞳が聞かないでって言ってる」

オージの頭の回転の速さに脱帽し、その一言で片づけられる幸福感に私は浸ってしまう。

次に発する言葉選びをしていると、十夜がフォローに回ってくれた。

「オージごめん。陽鞠はケーキよりもカスタードプリンが好きでさ」

「あ、そうなの。じゃ陽鞠ちゃんはそれで」

自然な流れでケーキを回避させてくれた十夜に頭が上がらない。

私のこの苦しみを十夜が知ってくれているということが、どれほど支えになっていることだろう。

注文の品が運ばれるまで私たちは雑談に花を咲かせていた。

オージは不登校児だけれど、登校すればつねにこの五人は一緒にいる。

素朴な疑問なんだけどさ、と話を切り出したのはイトケンだった。

「十夜は和菓子店の息子なのにケーキも食べるんだ」

「まんじゅうが一番だけど、ケーキも普通に食うよ」

「やっぱりケーキは敵？」

「まあ、昔はそう思ってたけど」

そう言って言葉を濁したのは、きっと私を思ってのこと。

十夜は優しいから無意識に言葉選びをしている。

それをたまに申し訳なく思う。

すると、今度は私に質問が飛んできた。

「陽鞠ちゃんは十夜のまんじゅう食べたことある?」

「あるよー。ゲテモノまんじゅう」

「おい」

「その話、詳しく」

にっ、と白い歯を見せてオージが言ってきた。

十夜の弱みでも握りたそうな満面の笑みである。

「ペペロンチーノまんじゅうとか」

「うわ、何それセンスを疑う」

「おい」

ゲラゲラと笑うオージを睨む十夜は明らかに不服そうで、それを見てイトケンとモチコも笑う。

なんか、こういうの久しぶりだな。

心が久しぶりに温もりを取り戻していくような、そんな感じがする。

しばらくして運ばれてきたメロンのショートケーキは、とてもおいしそうに見えた。

丸く型抜かれたメロンはみずみずしく輝き、きめ細やかな生クリームは濃厚そうである。

ケーキを見て心からおいしそうと思えるようになったのは、つい最近のこと。

でも、きっとそのおいしさは私にはまだわからない。

「先に言っとくけどモチコ、俺の分もおいしく食べるように」

また、だ。

それを言うオージの瞳が揺れている。

胸がざわついて、締めつけられるのはなぜだろう。

言葉を発するたびに何かを隠して我慢しているような、そんな感じがうかがえる。

まるで、私自身を見つめているみたいになる。

「オッケー！　じゃ、いただきます」

オージの言葉を受けたモチコは、ケーキをおいしそうに頬張った。

笑顔をこぼすモチコを見ながら、私もあちら側に行きたいという気持ちをつのらせていく。

いつになったらケーキの味がわかるのかな。

まだ両親の死を受け入れられていないからわからないのかな。

十夜が不器用なりに作ってくれるケーキもおいしそうなのに、鼻が詰まっているのではと思うくらい味がしない。

「陽鞠ちゃんのプリンはおいしい？」

「うん、おいしいよ。食べる？」

「食べる！」

モチコの無邪気な感じがとてもかわいらしい。

両親も、お客さんにこんなにも素敵な笑顔を与えていたのだと思うと胸の奥が熱くなる。

「陽鞠ちゃんにも私のケーキあげるね」

「う、うん。ありがとう」

笑顔で差し出されたケーキ皿。

フォークを持つ手がこんなに震えるのは初めてかもしれない。

一口食べておいしいと笑顔で言えばいいだけ。

大丈夫、きっとやれる。

「いただきます」

一口大にすくったメロンのショートケーキを勢いに任せて口内へ運ぶ。

噛んだと同時に口内で甘さが広がっているはずなのに、まるで無味。

よだれでケーキがドロドロになるくらい、口内に留めていたと思う。

それを証拠に、飲み込む時に形はなくなっていた。

「おいしかった？」

「おいし、かった」

嘘をつくことが辛くて声が震えた。

ケーキだという認識も食べたという認識もあるのに、そこから味が伴うことは一切ない。

あんなに大好きだったのに、そのリストから消えてしまったことが辛い。

「陽鞠ちゃん大丈夫？」

「モチコ、もう一回そのケーキ貰ってもいい？」

きっと、食べ足りてないからわからないんだ。

昔は毎日飽きるくらいにケーキを食べていたから、その記憶を思い起こすのに十分な量を摂取していないからわからないんだ。

そう言い聞かせてフォークでケーキをすくおうとした手は……十夜に止められた。

「やめておけ陽鞠」

「みんなと食べたらおいしく感じるかもって十夜が……」

「ごめん。俺が悪かったから」

どうして十夜がそんなに辛そうな顔をするの。

私はただ、ケーキの味を思い出したくて頑張ろうって思っているだけなのに、制止されたらそれは無駄なことだと言われているようで悲しくなる。

「ちょいちょい。このテーブル、険悪なムードになりすぎだから。笑ってないと幸せ寄ってこないよ?」

両手をパンパンと二回叩いてそれを断ち切ったのはオージだった。

いつもお調子者キャラで場を持たせてくれるけれど、今はそれがない。

「頼むからさ、俺の前でだけは明るくいてよ」

いつも携えている黒いショルダーバッグに手を置いて俯くオージは、今までに聞いたこともないような声のトーンで言う。

それは今にも消え入りそうな声で。

どうしたの、なんて軽々しく聞ける雰囲気ではなかった。

だって、モチコとイトケンまで俯いて下唇を噛んでいるから。

それからなんとなく五人の雰囲気は淀んでしまった。

甘いものは人々を笑顔にするはずなのに、こういう雰囲気になってしまったことが悲しくも思う。

でも、同時に思ったことがある。

この三人が抱えている秘密に触れたいと。

踏み込んではいけないと思ったばかりなのに、知りたいと思った。

そうするためには、まず自分の記憶開示が必要で、私は決意を固めて深呼吸をひとつする。

「あのね、じつは私……」

「陽鞠、俺もそのプリン食わせて」

止められた。たぶん、わざと。

言葉にしてウジウジされるのが嫌なのかもしれないとマイナスな気持ちが渦巻くけれど、それは取り越し苦労だったらしい。

「陽鞠を笑顔にするのは俺のケーキだから」

「十夜……」

「だから、それまで俺たちだけの秘密にしてほしい」

二人だけの秘密。

それは特別なこと。

小さく頷く私に柔和な笑みをこぼした十夜は、一口大のプリンをスプーンですくって口に運んだ。

「うん、うまい。モチコもイトケンも、それ食わないなら俺が貰うよ？」

十夜の気の利かせ方は自然だ。

その一言で暗雲は流れて明るさを取り戻し、曇った表情をしていたオージも明るく言葉を紡ぐ。

「お二人さんは本当に仲がいいね。付き合えば？」

「無理無理。十夜には好きな子いるし」

「陽鞠ちゃんも好きな人いるんじゃないの？」

「いるよ」

ためらいもなく認めたその瞬間、隣に座っていた十夜が口に含ませていた水を噴き出した。

それはもう豪快に。

おしぼりを渡しつつ私は惚《とぼ》けたように口を開く。

「どうしたの？」

「いや、何さらっと認めてんだよ」

「私に好きな人がいたっていいでしょ？」

「陽鞠が誰かを好きになるなんて十年早い！」

「いいじゃん別に。十夜に好きな子がいるのと同じなだけだよ」

そう言ったのは、十夜とライバルでいられる〝何か〟が欲しかったから。

そうでもしないと、十夜との関係が崩れてしまう気がしたんだ。

好きな人がいる同士、どっちが先に結ばれるか。

そんなうれしくもない賭《か》けを私はしようとしていた。

でも、その賭けの結果は勝負を仕かける前に決まっているのに……。

叶《かな》わぬ恋の攻略方法はきっと見つからない。

すると、オージはテーブルに肩肘《かたひじ》を置いて頬杖つきながらイタズラに口角を上げた。

「好きな男くらいいるよね、陽鞠ちゃんも年頃の女子なんだしさ。十夜も自分の恋、頑張んなよ」

「潤、今度まんじゅうの写メ送りつけてやるから覚悟しとけ」

「え、それ拷問なんですけど」

「うるさい」

十夜とオージは仲がいいのか悪いのか。

それでも言い合っている姿はとても楽しそうで、なんだか十夜とライバルだった頃を思い出す。

きっとあの頃の私たちみたいに、牽制《けんせい》し合っていても心の底では尊敬し合い、頼りにしているのだろうな。

思い出す記憶はいつも事故の瞬間だけれど、こうして時折それより以前の記憶を思い起こせるようになったのも十夜のおかげだ。

「十夜、ありがとね」

「俺は陽鞠の恋なんて応援しないから」

「応援したら負けちゃうもんね？」

「なんの話だよ。陽鞠にだけは負けないし」

互いに抱えている秘密。

それを共有できたら、きっと私たち五人はもっと仲を深められるのかな。

カフェで舌鼓を打ちながら楽しい時間を過ごした私たちは、満たされたお腹と心を抱えて各々帰宅の途についた。

第三章 生きること

事の発端

実力テストの結果は散々だった。

私も十夜も甘味の歴史関係であれば満点を取れる自信はあるけれど、現実はそう甘くない。

「文化祭終わったら中間、文化祭終わったら中間」

「言わないでー！」

呪《のろ》われたように同じ言葉を繰り返す十夜の隣で、私は頭を抱えながら来月に控えている文化祭に思考をシフトしていく。

私と十夜の担当は出し物の衣装作り。

衣装と言っても、エプロンを作るだけの簡単作業である。

十夜はお店の手伝いがあるため、学校での作業ではなく持ち帰り作業を許されているけれど、監視の名目で私は今日も十夜の家で作業をすることになった。

「おばさん、お邪魔します」

「いらっしゃい陽鞠ちゃーん！」

相変わらず私を愛してやまないおばさんは、懲りずに抱きついてきて、その豊満な胸に私の顔を埋めさせる。

息苦しさを覚える前に、ふわっと鼻腔をくすぐるのは和菓子の甘い香り。

やっぱりお母さんの甘い香りとは違うけれど、抱きしめられると心が落ちついていく気がする。

「これ、パパからどうぞって」

「香月のおまんじゅう！」

「おうちに帰ったら、陽鞠ちゃんのお父さんとお母さんにも分けてあげてね」

「ありがとうございます。お父さんたち、きっと大喜びだと思います」

おばさんのこの言い方が、私はとても好きだったりする。

お供えしてね。多くの人がそれを言う中で、おばさんだけは〝分けてね〟と言ってくれる。

両親のことをまだ〝生きている人〟として扱ってくれていることが、私にとって何よりうれしいことだから。

「あ、そうそう。陽鞠ちゃん落雁食べる？」

「そういえば、最近落雁が入ってないなぁと思ってたんです」

「落雁は、パパが陽鞠ちゃんのお父さんに渡してた賄賂《わいろ》みたいなものだから」

「まったく素直じゃないわよね、男って」

呆れたように言うおばさんは「明日は落雁も入れておくわね」と、ひらひらと手を翻しながら十夜を一瞥《いちべつ》し、お店へ戻っていった。

その背中を目で追いながら童心に返ったように舌を出す十夜は、どこか照れている気もする。

「賄賂？」

両親が生きていた頃、春川からはケーキとプリン、香月からはおまんじゅうと落雁というルーチンがあった。

現在、香月からの差し入れはおまんじゅうだけになっていて、少し気にはなっていたけれど、賄賂とはどういう意味なのだろう。

どちらかと言えば、香月のほうが売り上げもあり、春川に賄賂を渡す理由が見当たらない。

それもきっと、お父さんとおじさんにしかわからない秘密なのかもしれない。

そう結論づけた私は、久しぶりに十夜の部屋へ足を踏み入れた。

本棚には、和菓子に関する文献がたくさん並べられている。

どうやらまんじゅうオタクは真面目に香月を継ぐ気らしい。

その中に埋もれるようにして、なぜか和菓子とは関係のない〝プリンの作り方〟という本がある。

「プリン作るの？」

「え、あー。陽鞠は、おじさんたちがどうやってプリン作ってたか知ってる？」

「私は売り子だけで厨房に入ることはほとんどなかったからわからないかも」

「そっか」

それ以上何も言わない十夜は、少し落胆したようにも見えた。

プリンまんじゅうでも作るつもりなのだろうか。

もしくはプリンケーキとか。

「プリンがどうかしたの？」

「罪悪感を持たないって約束するなら教えてやる」

またそうやって十夜は気づかいをする。

それが自然に現れてしまう優しさだと知っているから、責めるわけにはいかないけれど。

「約束する」

「オッケー。父さんがさ、おじさんのプリンを食べたがってるんだ」

「おじいちゃんにレシピ聞こうか？」

「先代とはレシピが違うらしくて。食感も違うんだって」

そういえば、うちのプリンは砂糖を粗削りしたザラザラとした舌触りだったっけ。

レシピの多くは両親の頭の中だったから探すにも探せない。

「ま、地道に試作してくわ」

「私も手伝う！」

「マジ？　春川さんちの陽鞠ちゃんがいるのは心強い」

ふいにこぼした十夜の柔和な笑みに、私の心臓は余計な仕事をし始める。

わざとやっているんじゃないかと思うくらい、突然降ってくるその笑みへの対応方法がわからない。

言葉では形容しきれない想いは日に日に膨らんでいく。

感情の高揚を隠すように、私は先ほどおばさんに貰ったおまんじゅうに視線を落とした。

「エプロン作る前に香月のおまんじゅう食べちゃおっかな」

「デブになっても知らねぇぞ」

「さ、お裁縫しよー」

文化祭の出し物は、クラス満場一致で和菓子屋さん。

なぜならば、和菓子処香月の跡取り息子である十夜がいるからだ。

あの事件から少しして、香月は宅配も請け負うようになった。

そのおいしさは県をまたいだ地域にも届けられており、ここ数年で香月は急激に知名度を上げ大躍進している。

「香月さんちの十夜くんは人気者ですね」

「おじさん降臨？」

「ふふ」

両親の話題を出せるようになったのも、十夜のおかげ。

ありがとう、の五文字では足りないくらい感謝をしている。

その気持ちを早く伝えたいけれど、柄にもなく緊張して、いつも唇だけが震えて終わってしまう。

だから、私はいつも話を逸らす作戦に出る。

「ねぇ、オージってほとんど学校に来てないけど外で悪さしてたりするのかな？」

「なんで？」

「なんかチャラそうだし」

オージの出席率はクラスメイトの私から見ても少ないと思う。

そんなオージと十夜は、幼なじみのイトケンたちより仲むつまじい。

もしかして、優しい十夜の弱みを握り、下僕としてそばに置いているのではないかという一抹の不安がその質問につながった。

「あれは好きでやってるけど、ちゃんと理由があるから」

「理由って？」

「陽鞠には内緒」

「男同士の秘密ってやつ？」

「そういうことで」

十夜とは言わなくてもわかり合える部分も多い。

でも、この件に関しては探りを入れてはいけない気がして、それ以上を聞くことができなかった。

共有できない秘密。

なんだか少し溝ができてしまった感じが否めず、心が〝ずん〟と重くなった気がしたのはおそらく気のせいではないと思う。

「どうした？」

「っ……」

顔を覗き込まれた拍子に、縫い針の先端を誤って指先についてしまった。

チクッとした一瞬の痛み。わずかに血液が滲み始める。

「ごめん、俺が急に声かけたからだな」

「ううん。平気だよ」

「あとは俺が縫っとくから陽鞠はもう休め」

手際よく私の指先に絆創膏《ばんそうこう》を巻いていく十夜の指先には、それ以上の絆創膏が巻かれている。

まんじゅうオタクで裁縫なんてゼロスタートに等しいのに、それを引き受ける十夜はやっぱり格好いい。

「十夜の好きな子が羨《うらや》ましいな」

「え？」

「あ……」

何を口走ってしまったのだろう。

その本心は遮るものもなく、直接十夜の耳に届けられてしまったらしい。

両目を大きく見開いて、「え？」の一言を発したきり動かないのがその証拠。

私の心臓だけがドキドキとせわしなく動いている。

どう撤回しようか考えるけれど、余裕のない頭では恋する十夜の背中を押すことしか思い浮かばない。

不本意だけれど、私はそれを口にする。

「十夜の恋、応援してるね」

「あのさ、陽鞠が好きなヤツって誰？」

直後、心臓の拍動がうるさいくらいに鼓膜を刺激する。

息が詰まりそう。

十夜だよ、そう言えばラクになる。

でも、私はこの居心地のいい十夜との関係を壊したくないからそれは言わない。

「それは秘密」

「潤とか？」

「なんでオージが出てくるの？」

「さっきも潤のこと聞いてきたから」

「もしかして十夜の好きな人って、オージ？」

その瞬間、聞いたこともないような盛大なため息をつかれた。

自分でもとんでもない憶測を飛ばしてしまったと思うけれど、万が一ということはあり得る。

「仮に俺の好きな子が潤だったら陽鞠は応援すんの？」

「する！」

「ごめん。俺、女の子にしか興味ないから」

わずかに十夜の肩は揺れている。

これは、完全に私をあざ笑っているやつだ。

「そんなに笑わなくても」

「いやー、陽鞠さんのそういう抜け抜けなところ、えくぼに次いで好きだわ」

「好きとかそういうのは好きな子に言いなよね」

たった二文字に浮かれてしまうけれど、好きの意味合いは私と十夜とでは違う。

ぬか喜びは自分を苦しめるだけだから、こうして一緒に他愛ない時間を過ごせることに満足していればいい。

多くを望んだら、きっと苦しくなってしまうから。

「陽鞠のえくぼが戻るまで恋愛はしないって決めてるから」

「それはそれで、これはこれだよ」

「俺が父さん譲りの頑固者だって知ってるだろ？」

「まあ……じゃあ協力できることがあったら言ってね」

「さんきゅ」

母親譲りの私の猫っ毛を、父親譲りの頑固者が手でグシャグシャとしてくる。

それだけで胸がきゅんとする。

小さい頃は、ケーキやおまんじゅうを食べたついでにお互いも好き、なんて言い合っていたのにな。

いつからか照れくさくなって、お互いに言わなくなってしまった。

「じゃあ、さっそくなんだけど」

「え?」

「協力するって話」

そう言うと、自然な流れで私の指先に十夜の指先が触れた。

指先だけしか触れていないのに、心臓が脈打っている。

「陽鞠も好きなヤツいるんだろ?」

「う、うん」

ライバルで幼なじみで。ずっと好きな人。

それは、十夜以外の誰でもない。

「十夜の好きな女の子って?」

「陽鞠がよく知ってる子だよ」

協力すると言ったことを、こんなにも早く撤回したいと思うだなんて私の決心は相変わらず緩い。

前に好きな女の子のことを聞いた時もうまくはぐらかされたし、それが誰なのかを聞くことすらためらってしまう。

よくよく考えれば、好きな人の恋を応援しようだなんて自分の恋心を封印するようなもの。

「陽鞠に協力してもらえると助かる」

そんな役回りは頼まれても引き受けたくないけれど、言ってしまったからには取り下げることはできない。

どんな形であれ、十夜とライバルでいればこの先も離れずにいられるかもしれないから、今回は敵に塩を送ろうと思う。

「わかった。何をしたらいい？」

「お互いの嫌いなところを言い合って直すとか」

十夜のいいところはすぐに思い浮かぶのに、嫌いなところと言われて思い浮かぶことがない。

うーん、と頭をひねってみるけれど、やっぱり思い浮かばない。

「嫌いなところ、ないかも」

「一個も？」

「十夜、いい人だし」

すると、指先に触れていたはずの手は包み込むようにして私の手に重なった。

骨太で大きな手に恋心が反応する。

小学校の高学年になってから十夜はどんどん成長していって、隣を見れば同じ高さにあった視線も、今では見上げないと合わない身長差になった。

でも十夜は、今も私の顔を覗き込むようにして目線を合わせてくれる。

歩幅も合わなくなってきて私が小走りになることもしばしばあったけれど、十夜は私に歩幅も合わせてくれていたっけ。

でも、これからはそんな関係も変わっていくのかもしれない。

恋をしている十夜は止まることなく先へ先へと進み、私たちの距離も離れていってしまいそうで怖い。

「じゃあさ、いい人以上になるにはどうすればいい?」

「……え?」

「いい人止まりは嫌だから。ちゃんと俺のこと、男として見てもらいたい」

その言葉は好きな女の子に対して思っていることで、私に対して向けられたものではないのに勝手に意識してしまう。

まるで私に、十夜を男として見てほしいと言われているようでドキドキする。

「そ、それは私にはわからない」

「そっか」

消え入るような声とともに離れていく温もり。

手が重なっていただけ。

そこに特別な感情は一切なくて、意識する必要だってないのに。

思わず、その手を視線で追ってしまった。

「どうした？」

「十夜の指が痛そうだなって」

「やっぱ和菓子職人に裁縫は拷問だな」

絆創膏だらけの指先をさすりながらこぼすあどけない笑顔に、心が揺さぶられる。

その笑顔もいつか私以外の女の子に向けられてしまうのだと思うと、縫い針がチクリと心臓をついたような痛みが走った。

実らない恋の辛さを私は知ってしまった。

「じゃ、残りは俺がやっとくから陽鞠は早く休めな？」

「うん、ありがとう」

十夜の優しさに甘えまくって、その優しさをひとりじめして。

いつか罰が当たってしまうんじゃないかと思う。

でも、その優しさに甘えることを許されるのなら。

十夜と好きな子が結ばれるまで、どうかそばにいさせてください。

そんな願いを裏切り者の神様に願ってしまった。


文化祭前日。

放課後、教室をお店風にアレンジするためクラスの半数以上が残っていた。

十夜もお店の手伝いを免除されたらしく、今日は居残り作業をしている。

相変わらずオージは自由登校で、最近はたまに見かける程度。

モチコとイトケンに聞いても〝いつものことだよ〟の一点張りで、その言葉で片づけられてしまうことが少し心苦しくも思う。

でも、その言葉に隠された真実を、私はのちに知ることとなる。

和菓子処B組と書かれた暖簾《のれん》を飾り、黒板にはチョークでお品書きを書く。

机とイスの配置も終わり、残すところ和菓子を作るキッチンスペースを完成させるのみとなった。

手の空いていた私は、黒板のお品書きにイラストを加えながら作業を見守る。

「十夜くんの得意な和菓子は、なんなの？」

「まんじゅうだな」

ゲテモノの、と私は心の中でこっそりつけ加えた。

あれ以来、十夜の作るゲテモノまんじゅうは食べていない。

ペペロンチーノまんじゅうの次にまずかったのは、さばの味噌《みそ》煮まんじゅうだったかな。

お味噌とあんこが意外にいい相性だったけれど、さばの主張が激しすぎた。

でも、そんなゲテモノまんじゅうが恋しくなる時がある。

また陽鞠に毒味させてるのか、なんて十夜に小言を言っていたお父さんも、バトルをするお父さんと十夜を見つめるお母さんも何気に楽しそうだったな。

「そういえばさ、十夜くんちの近くにケーキ屋さんなかった？」

懐かしさに浸っているとモチコが突然そんなことを言い始め、現実に引き戻された。

チョークを持つ手が震え始める。

私は黒板を凝視し、頭の中では〝なぜどうして〟ばかりが回っている。

「それが？」

無愛想に返す十夜を気にも留めず話を続けるモチコは、どうやら何度かパティスリー春川に足を運んだことがあるらしい。

確かに両親の洋菓子はどれも絶品だったけれど、香月みたいに宅配もしていなかったし、ご近所でもないモチコがなぜうちを知っているのだろう。

両親に触れずにすむこの高校を選んだのに、これでは意味がない。

「お母さんから聞いたんだけど、そこでケーキを作ってた人……」

「それ、今しなきゃダメな話か？」

そうだよね、聞きたくないよね。

十夜だって、あの場に居合わせた。

十夜も同じだけのトラウマを抱えて生きているのに、どうして私だけが被害者面をして十夜の優しさに甘えているのだろう。

十夜が誰にでも分け隔てなく優しいのは一番私が知っていたはずなのに、その優しさに胡座《あぐら》をかいて十夜の苦しみに気づこうともしていなかった。

十夜だって、優しくされたいに決まっているのに。

そんな私たちの過去を知らないクラスメイトは、ケーキ屋さんがどうかしたの、なんて便乗してくる。

ざわざわと私の心が嫌な音を立て始めた。

グラウンドを何周したかわからないほど速くなった鼓動は、いとも簡単に私をのみ込んでいく。

どうしてかな。黒板の文字が歪んで見えない。

どうしてかな。私の頬を温かいものが流れていく。

泣かないと決めたのに、私の決心はいつも崩れてしまうんだ。

「陽鞠！」

うれしいはずなのに。

名前を呼んでくれるのがうれしいはずなのに、今は合わせる顔がない。

笑うとできる私のえくぼが好きだと言ってくれた十夜に、笑顔とかけ離れた顔を見せるだなんてもうできない。

持っていたチョークを置いて私は全速力で教室を飛び出した。

その洋菓子店の娘が私だと知れ渡るのも時間の問題。

そうすればきっと、みんな口を揃《そろ》えてこう言うに決まっている。

『陽鞠ちゃんのお父さんとお母さんかわいそう』

そんなこと言われなくてもわかっている。

私が一番わかっている。

もう哀れみのまなざしや声かけは欲しくないのに。

私はただ、パティスリー春川のお菓子やケーキはおいしいねって言ってもらいたいだけなのに。

「待てよ陽鞠！」

待たない。

待ってあげられない。

運動神経は私のほうが抜群にいい。

追いかけっこで十夜に負けたことのない私は、その距離を余裕で引き離していく。

もう、どうやって生きていけばいいのかわからない。

自分でも頑張って笑顔を作れるようになったと思う。

でも、えくぼが出ないんじゃ……それは笑顔に入らない。

私はどうやって笑っていたのかな。

えくぼの出る笑い方ってどんなのだったのかな。

記憶の引き出しを頑張って開けても、最終的に辿りつくのは……あの忌まわしい事件の日。

思い出しても苦しむだけだと理解しているのに、ちょっとしたことで思い出してしまう。

あと数分早く帰っていれば両親と一緒に天国へ逝けたかもしれないのに、その数分さえ巻き戻すことはできない。

――ドンッ！

前も見ずに考え事をしながら走っていると、突然胸に衝突音が響いた。

角を曲がったところで誰かに思いきりぶつかったらしく、尻餅をついてしまう。

「悪い、大丈夫か？」

「オージ……」

「って、陽鞠ちゃんどした⁉」

ぶつかったのは私なのに、オージは底無し沼のようにその優しさに引きずり込んでくる。

これ以上誰かに優しくされたら、私はまた被害者面をしてしまうのに。

「どこか痛むのか？」

オージの言葉を否定するように首を左右に振った。

もう痛みが、なんなのかさえもわからなくなってきているのかもしれない。

足止めを食らったせいで、背後から聞き慣れた足音が速いスピードで近づいてきているのがわかった。

「どうしたんだよ陽鞠ちゃん」

「私、もう……どうやって生きていけばいいのかわからない」

現実と向き合って前に進めていた気がした。

気がしていただけで、私の時間はあの日からずっと止まっている。

十夜の優しさに触れて、その秒針を少しずつ進めていた気になっていたんだ。

だって、もう三回忌が終わって三年がたとうとしているのに、あの日の記憶は鮮明に思い出せる。

あの日の後悔が、ずっと私の背中に張りついている。

「潤！　そのまま陽鞠を捕まえといて！」

「え、何ケンカ？」

「ごめ、なさ……っ」

「ええ！　ちょ、陽鞠ちゃん泣きすぎ！」

聞き慣れた足音は、一分もしないうちに私の後ろで急ブレーキをかけた。

背中越しからでもひどく息が上がっているのがわかる。

そうさせたのは私。

だからこそ振り向けない。

この泣き顔を断固として十夜に見せるわけには……。

「ほら陽鞠ちゃん、王子様が胸を貸してくれるってさ」

それなのにオージに無理やり体を反転させられて、トンと背中を押された勢いで十夜の腕の中に収まってしまった。

この腕の中に入るのは、あの日以来初めてだ。

十夜の香り、十夜の鼓動音。

私の感情をせき止めてくれないこの腕の中は、優しさのみでできている。

「バカ陽鞠！」

「っ……」

「ひとりで泣くなって何度言えばわかるんだバカ」

「バカって二回も言った！」

「ああ、何度でも言ってやる！　バカ陽鞠！」

「ごめ……ごめんな、さ……い」

「俺もごめん」

冷静さを欠く私たちとは逆に、冷静に状況把握をしているオージは呆れた声で一言を発する。

「お前ら、痴話ゲンカに俺を巻き込むなよな」

続けて、はぁ、と深いため息をつくと、場所の移動を提案してきた。

言われて周囲を見れば幾人かの視線が注がれている。

確かに文化祭前日というのもあって、この廊下で人目を忍んで泣くことは難しい。

ましてや、込み入った話をすることも。

私たちはオージに連れられ、場所を移動することにした。

生きた証

誰もいない保健室。

静寂を保つ保健室には、明日から開催される文化祭に胸を踊らせ無邪気に騒ぐ生徒たちの声があちらこちらから響いてくる。

そして、鼻腔をくすぐるのは慣れない薬品の匂い。

「人生相談には保健室がぴったりだよな」

先生が留守なのをいいことに、イスの背もたれに寄りかかりくるくるとその身を回転させるオージはとても楽しそうである。

私と十夜はパイプイスに腰を下ろして、その姿をなんとなく見つめていた。

「で、お二人さんに何があったわけ?」

「十夜は悪くないの。勝手に私が」

「あー、いらないいらないそういう自己嫌悪」

顔の横で煙たがるように手を動かしているオージは、本気の口調で言う。

おかげで私の回答は阻まれてしまった。

「俺が聞きたいのは、この気まずくなった関係をどうやって打破すんのかってこと」

「難しい言葉、知ってるね」

「俺これでも学年三位に入る成績よ？」

不登校児なのに成績優秀とは、さすがオージである。

たまにしか学校に来ないからこそ目立っているけれど、悪目立ちしているわけではない。

とても優しいし気が利くし、女子に人気なのも少し頷ける。

といっても、十夜にしか興味のない私の心がなびくことはないけれど。

お節介焼きのオージはそのまま言葉を続けた。

「きっかけはなんだったわけ？」

「それは……」

私からは言えない。私からは言いたくない。

その話題に触れたくなくてこの高校へ入学したのに、どうしてこうなってしまったのだろう。

俯こうとした時、ずっと黙っていた十夜が口を開いた。

「潤、モチコがあの話に触れてきた」

「あ、マジ。それはごめん」

二人にしかわからない会話は、私を取り残して続けられていく。

「モチコがそうしたのは……たぶん俺のせいだ」

「もしかして具合悪いのか？」

「まあ」

言葉を切り取ったような会話から、すべてを理解することは難しい。

仲のいい二人だからこそ通じる会話。

脈絡からしてオージも私の何かを知っているような口振りで、頭上には疑問符しか浮かばない。

「ねぇ、二人で何を話してるの？」

「ごめんね、陽鞠ちゃん。じつは俺、陽鞠ちゃんの両親のこと知ってるんだ」

「え……」

その〝知ってる〟は、どの意味を含んでいるのだろう。

パティスリー春川を営んでいた夫婦だったということ。

飲酒運転の巻き添えで死んだこと。

浮かぶのは、そのふたつしかない。

モチコに続きオージまでもがパティスリー春川の存在を知っているなんて、逃げ道だったはずの高校生活に影が落ち始めた。

お願いだから、これ以上私の過去に踏み込んでこないでほしい。

お願いだから、そっとしておいてほしい。

これ以上、傷口に塩を塗りたくないし被害者面をしたくない。

「事故で亡くなったんだってな。もうあのケーキ食えないって聞いてさ」

ため息をつきながら肩を落とすオージは、まさに落胆の二文字がよく似合う。

それは突然奪われた命への哀れみからくるものなのだろうか。

そんなマイナスな思考を巡らせていると、それを振り払うようにオージは肩を叩いてきた。

「陽鞠ちゃん、難しく考えなくていいんだ。人生まっすぐ、直球でぶつかるべし」

吹っ切れたようにも取れるその言葉は、悲しみを含んでいるようにも取れた。

いつも笑顔を絶やさないオージだけれど、たまにその視線が空を仰いでいる時がある。

どこまでも続く空には流れる雲や自由に羽ばたく鳥もいるのに、その瞳は揺れながらずっと一点を見つめているんだ。

あの日からの私みたいに。

あそこに最愛の人がいて、どうしたらあそこに逝《い》けるのだろう。

そう思って見上げる空は無言を貫き通して、何も言ってはくれない。

空を見上げる理由はなんとなく似ているのかもと思っていたけれど、それは相反するものなのだとすぐに思い知らされることとなった。

「よしわかった。陽鞠ちゃんを悲しませた代わりに俺の体のことを話してやろう」

「潤、やめておけ」

「まあまあ十夜。突然知り合いがいなくなる辛さを陽鞠ちゃんは知ってるんだから、同じ思いはさせられないだろ?」

いったい何を言っているのだろう。

突然知り合いがいなくなる辛さ?

それは両親のことを言っているのかもしれないけれど、今この状況にどう関係あるのかわからない。

十夜はすべてを知っているような雰囲気だし、疎外感が強すぎてむしろ聞きたくなった。

「体のことって?」

「家族以外は学校側と幼なじみ、十夜しか知らないこと。秘密にしてくれる?」

「約束する」

オージが教えてくれようとしている秘密。

不特定多数の人には知られたくない理由。

それはいったい……。

「中学に入ってすぐの頃だったかな、なんか風邪っぽくてやたら疲れてさ」

イスの背もたれに背中を預けては離してを繰り返し、どうやって次の言葉を紡ごうかオージが悩んでいる。

無理に言わせてしまっているのではないかと不安になって、止めようと動かした唇はオージの言葉で遮られた。

「俺も陽鞠ちゃんと一緒で、どうやって生きていけばいいのかわからないんだよね」

「え？」

「さっき陽鞠ちゃんも言ってたでしょ？」

もう忘れちゃったの、と困ったようにこぼす笑顔はとても悲しくて、見ている私まで悲しくなってくる。

「陽鞠ちゃんに問題です。俺がいつも持ってるこのバッグには何が入っているでしょうか？」

「女の子からのプレゼント？」

「はは、そうだったら俺もうれしいんだけど」

わずかに揺れた瞳でオージは言葉を続けた。

「じつは俺、ドナー待ちなの」

「ドナー？」

首をかしげる私に、オージは眩しいくらいの笑顔を向ける。

そして、一呼吸置いて告げられた真実に私の唇は震えた。

「特発性拡張型心筋症《とっぱつせいかくちょうがたしんきんしょう》、それが俺の病気」

握り拳を作った右手でオージは自分の胸元を軽く叩いた。

その笑顔から発せられた言葉はナイフのように鋭利なのに、その弱々しい声は豆腐のようにもろくも思える。

私の胸が叩かれたわけではないのに、心臓が拍動を速め始めた。

聞いたこともないような病名に耳を疑いながらも最善の声かけを探してしまうのは、無意識に傍観者になっているから。

あの事故現場を傍観者として見ていた私と同じ。

理解の追いつかない私にオージはさらに言葉を重ねてきた。

「中学二年の時に植え込み型補助人工心臓ってのを入れてさ、このバッグはそれを動かす命綱みたいなもん」

そう言ってそのバッグを開けると、中にはコードのつながった機器が入っていた。

スマホの充電器とかそういうレベルではない大きなもの。

ブレザーにうまく隠されていて今まで気づかなかったけれど、そのコードは体内につながっている。

心臓はこの電力ケーブルで動いているのだとオージは淡々と説明を続ける。

「これは心臓移植するまでの橋渡しって言われてんの。早く移植したいんだけどドナーが見つからないんだよ」

参ったよな、なんて他人事のように笑うオージは相変わらず明るい。

そういえば、以前と比べてオージの手が少しむくんでいる気がする。

最近、学校で見かけなかったからか、その違いがよくわかる。

この状態がよくないことなのだということも。

オージも私と一緒で、誰にも知られたくない秘密を持っていた。

それが病気のこと。

それに触れられないような場所を選択し、それを共有しなくてすむ相手を選んでいたのかもしれない。

「手術してしばらく調子よかったんだけど、高校入ってからなんか違和感あってさ」

出席日数が少ない理由はそれだった。

空を仰ぐ理由もそれだった。

空へ逝きたい私と空へ逝きたくないオージの気持ちは、決して交わらない。

「とりあえずは通院しながらなんとか誤魔化してるけど時間の問題。だから基本、自宅安静か通院生活」

そこまで言うと、気まずそうに後ろ髪をかくオージ。

それを聞きながら、さっき十夜もオージが具合悪いだのなんだの言っていたことを思い出した。

「十夜は知ってたの？」

「まあ、友達だし」

「私だって友達なのに……」

「陽鞠の悩みの種を増やすなってオージにも言われてたから」

私はずっと被害者面をして自分のことばかりしか考えていなかったのに、オージは違う。

命に関わる重要なことを感じ取らせないほど明るく振る舞っているし、私以上に辛いのに相手のことを思って動いている。

その持病がどれほど重いものなのか、私にはそのすべてを知り得ることはできないけれど、オージはそれを受け入れて生きているということだけはわかった。

「モチコたちはさ、俺が退院する時はいつもケーキ持ってきてくれんの」

「ケーキ？」

「パティスリー春川のケーキ。こんな病気だからいつも一口だけしか食べられないけど、あれ食べると元気出たんだ」

その言葉を聞いて私の胸の奥が熱くなる。

同時に目の奥も熱くなって視界が歪んできた。

「陽鞠ちゃんの名字が春川って聞いて、もしかしたらと思って十夜に聞いたんだ」

「そのことって……」

「モチコとイトケンは知らない」

質問の意図を先に汲んだオージの返答に安堵する。

でも、それを知らないということは、モチコが話を振ったのもオージを思ってということになる。

私は自分の感情ばかり優先して相手に迷惑をかけて。

罪悪感はスポンジが水を吸収するかのように膨らんでいく。

自己嫌悪を抱えながら私は震える唇を動かした。

「どうして、うちのお店のケーキなの？」

「同じ病室だった人があそこのケーキ絶品って言ってて、退院したらそのケーキ食べたいってモチコとイトケンに言ったのがきっかけだったかな」

もう何回も入退院を繰り返してるからケーキ何個分かは食べちゃってるけど、とイタズラに笑ってみせるオージはとても無邪気だ。

「陽鞠ちゃんの両親が作るケーキは俺の元気の源なんだよ」

「っ……」

「モチコのことはごめんな。きっと、俺のためなんだ」

どうしてかな、それ以上は聞かなくてもわかる。

今までの話を聞いていればわかる。

きっと、これが三人の秘密。

「入院しちゃうの？」

「入院というか、受け入れ先が決まりそうなんだ」

「受け入れ先？」

「アメリカの病院。そこでドナーが見つかるのを待つことになりそう」

オージが生きようと前を向いて頑張っている。

私が足踏みしている間にも刻々と時間は進んでいるんだ。

その時間を、私はあとどのくらい無駄にしてしまうのだろう。

「いつアメリカに行っちゃうの？」

「受け入れ先が決まり次第すぐに。学校にはそう言ってある」

オージが大好きだったケーキを用意したい、という純粋な思いでパティスリー春川の名前を口にしたモチコに失礼なことをしてしまった。

私は同じ後悔ばかりを繰り返している。

この後悔を解消して次にどうつないでいくかを考えなければならないのに、自分を責めることが癖になっているのだと思う。

あの日からずっと、後悔に縛られている。

「あのケーキがあったから辛い治療も頑張ってこれたし、今の俺があるんだ」

泣いてはいけないと頭では理解しているのに、涙腺は緩んでそれは勝手に頬を伝っていく。

きっと、両親は最期まで仕事に携われたことを誇りに思っている。

その頑張りがこんな形で誰かの支えとなっていたことを知ったら、きっと涙を流して〝ありがとう〟と満面の笑みを向けてくれるだろうな。

「俺に生きてるって実感を与えてくれたのは、陽鞠ちゃんの両親が作ってくれたケーキだよ」

この言葉を両親に直接聞かせてあげたかった。

それはもう叶わないけれど、両親が頑張った証がここにある気がして自然と口元が綻んだ。

でも、そのケーキを食べさせてあげることはもう難しい。

「ごめんない……お店はもう……」

「うん、十夜から聞いて知ってる。これからは十夜のまんじゅうで我慢するから大丈夫だよ」

「おい。我慢って言うな、うちのまんじゅうは世界一だ」

ゲラゲラと笑うオージと眉をしかめる十夜を交互に見ながら考える。

仲がいいのか、悪いのか。

たびたび悩む時もあるけれど、間違いなく前者だと思う。

私の知らないところでつながりがあったから、オージと十夜は親友と呼べる間柄になったのかもしれない。

「でもな、今度入院したらもう退院できないと思うんだ」

「それって……」

「あー、俺の直感だから外れたら笑ってやって」

押し潰されそうな現実を明るく話せる勇気は、いったいどこから来るのだろう。

私とオージの悩みが雲泥の差で声のかけ方がわからない。

「はい、俺、全部言ったよ。これで俺が突然いなくなっても陽鞠ちゃんは心の準備ができる」

だから、あんなに悲しい瞳で空を見上げていたんだね。

いつか逝くことになるかもしれない、あの空を。

落ち込んだ時こそ上を見ようなんて言うけれど、上を見上げることばかりがいいことは限らない。

「オージの直感は外れるよ」

「陽鞠ちゃん？」

「私の直感は当たるの」

嘘をついた。

元気になってほしくて、退院してほしくて嘘をついた。

だって、もう大事な人を喪いたくない。

早くドナーが見つかるといいね、なんて、もう何年も待っているオージに言えば余計苦しめることになる。

こんなに大事なことを教えてくれたのに、はいそうですか、なんて頷けるほど私は素直ではない。

「もう、っ……誰もあそこに逝ってほしくないの」

心の準備とか、そんなの関係ないんだ。

いつか来る別れだとわかっていても、受け入れられない別れだってあるのだから。

「ありがとな陽鞠ちゃん。だからさ、俺の前では明るくいてよ」

それはあの時、カフェでも言っていたセリフ。

その気持ちはなんとなくわかる。

喪に服し続けていた私に、十夜は優しく手を差し伸べて笑顔を向けてくれた。

その笑顔で私も笑おうと思ったのに、私はそれを忘れがちになる。

きっと、オージも同じ気持ちなんだ。

そこには多少なりとも演技での明るさがあって、だからこそ、みんなには同調するように楽しくしてほしいと思う。

「じゃあオージも約束してほしい」

「何を約束すればいい？」

それは、オージだけに向ける言葉ではない。

それは、私自身にも向けて発信する言葉。

「泣きたい時は心で泣かないで、誰かの前で泣いて」

私も殻に閉じこもって、ひとり涙を流し続けていた。

みんなの前では偽りの笑顔を取り繕って、心で雨を降らせて。

排水溝もない心はそれを蓄積しすぎて、私からえくぼを奪ってしまったのだと思う。

「陽鞠ちゃんにそう思わせたの、十夜でしょ？」

「えっ……」

「二人を見てると焦れったいんだよね」

ニヤニヤと口角を上げるオージは、その視線を十夜に送る。

そして、開始される謎のバトルは不必要な火花を散らすのだ。

「潤に心配される筋合いないんだけど」

「おー、親友に向かってそんな口聞いちゃう？」

「親友だからいいんだよ。陽鞠の言うとおり、もうひとりで泣くなよ？」

「……はぁ」

参った、と言わんばかりにため息をつくとオージの肩はストンと下がる。

眉尻を下げて、穏やかな表情で唇を動かした。

「俺、幸せもんだな」

そうだよ、幸せもんだよ。

今まで以上に素敵な笑顔をしているオージは、照れくさそうにブレザーの袖口でわずかに光る目尻に溜まった思いを拭き取った。

「私も家のこと黙っててごめんね」

「それはお互い様。ついでに言うと、今までの俺たちの話は他の外野も聞いてたみたいだけどな」

「外野？」

オージの視線の先には保健室のドア。

瞳を覗かせるには十分な隙間が開いていた。

そして、その隙間から覗く二人分の瞳。

犯人は言わずともわかる。

どうしたの、と声をかけるよりも先に大粒の涙をこぼしながらモチコが飛びついてきた。

「陽鞠ちゃん……っ」

肩を震わせ耳元ですすり泣く声が聞こえる。

私はお母さんが昔よくしてくれたように、その背中に手を当てて静かに撫でながら声をかけた。

「モチコ大丈夫?」

「ケーキ屋さんが陽鞠ちゃんちだって知らなくて……無神経にあんなこと聞いてごめんね」

「無神経じゃないよ。オージのこと思ってだったんだもん。私こそ勝手に勘違いしてごめんね」

モチコの後ろでイトケンまでもが泣いている。

もらい泣きした私まで視界が歪んできた。

隠しておくはずだった両親のこと。

どうしてかな。みんなに知ってもらえて少し心が軽くなった気がする。

あるはずもない排水溝が心に作られて、今まで溜まっていたものが排出されていく気分。

「はいはいモチコ、陽鞠ちゃんも泣いてるからとっとと十夜に返すように」

オージはモチコから私を引き剥がすと、十夜に引き渡す形で背中を押すのである。

私の目の前には再び見慣れた制服が飛び込んできて、見上げると優しいまなざしで見つめてくる十夜と目が合った。

「泣き虫」

「ごめん」

「いいよ、泣いて」

「いいの?」

呆れられると思ったけれど、容認されて首をかしげてしまった。

すると、十夜はとびきりの笑顔をこぼして言葉を紡いだ。

「言ったろ?　陽鞠が泣いた分、俺が笑顔にしてやるって」

ドキドキなんてかわいい音ではない効果音が私の全身を駆け巡る。

息苦しいのはトラウマを思い出したからではない。

これは、うれしい息苦しさ。

十夜を想うと、十夜の笑顔を見ると、胸の奥で静かに灯っている火が揺れ始めて、その灯火《ともしび》はより一層強くなる。

好き、の気持ちがライバルと幼なじみという言葉を押しのけて自己主張してくる。

「十夜、あり……」

ありがとう、という言葉は保健室に入ってきたある人物によって遮られてしまった。

「こらこら。何人泣いてるか知らないけど、そんなにベッドないからね？」

ドアの前で腰に両手を当てて口をへの字にしているのは養護教諭の大塚栞《おおつかしおり》先生、通称しおりん先生。

緩く巻かれた髪を後ろでひとつに結わき、パンツスタイルが美脚を際立たせている。

そして、何を隠そうしおりん先生は、十歳離れたオージのお姉さんでもある。

「潤、早く帰りなさいって言わなかった？」

「保健室で人生相談してただけだよ」

「許す！」

「許すんだ」

一見厳しく見えるしおりん先生は、じつはとても寛容な心の持ち主だ。

ブラコンと言えるほどオージを溺愛している理由に、オージの持病も含まれているのだと思う。

「人生相談が終わったなら潤は家に帰る。みんなは明日の準備に戻る。わかった？」

『はい』

そして、病人じゃないなら即退室、という言葉とともに保健室のドアはピシャリと閉められる。

ふと窓の外を見ると、校門へ向かって生徒たちがぞろぞろと帰路についているのが見えた。

もうすぐ最終下校のチャイムが鳴る。

途中で抜け出してしまった文化祭の準備も終わり、クラスメイトも帰っている頃だろうか。

「オージも明日の文化祭来れそう？」

「んー、体調がよかったら」

そう言いながら、いつも携えている黒いショルダーバッグに手を触れた。

その瞳は、なんだか寂しそうにも見える。

何か引っかかることがあるのだろうけれど、それを聞こうとする前にオージは手をひらひらと翻して、ひとり下駄箱へと足を向けるのだ。

その広い背中からは〝何も聞くなよ〟という思いが放たれていて、動かそうとした唇を結ぶことしかできなかった。

少し先の、未来の約束

　それから下駄箱で名残惜しそうなオージを見送った私たちは、教室へとその足を向けていた。

　記憶の共有を恐れていたはずなのに、それを共有できた今は少しだけ心に陽が射し込んだ気がする。

「ごめん陽鞠」

「なんで十夜が謝るの？」

「オージにおばさんたちのこと話して」

　それを言う十夜の声はわずかに震えていた。

　私の前で明るく振る舞いながらも同じ苦しみを抱えていた十夜に私は気づかず、甘えてばかりだった。

　十夜にも吐き出すところが必要で、その相手がオージだったというだけで、謝罪も叱責も必要ないと思うから私は首を左右に振る。

「ううん。十夜も辛いのに私のためにありがとう」

「俺もあの日のことをまだ受け入れられてないんだ」

「うん」

「でも、最高のケーキを作って陽鞠のえくぼが戻ったら、向き合えるかもしれないって思ってる」

あの頃みたいに戻れれば、きっと。

同じ時間は巻き戻せないけれど、あの日で止まったままの私たちの時間を一秒でも進められるのであれば、それに向かって頑張りたいと私も思った。

「一緒に頑張ろうね、十夜」

「おう。陽鞠がケーキの味をわからなくなったことは、オージには言ってないから安心して」

「安心？」

「それだけは俺たちだけの秘密な？」

陽鞠を笑顔にするのは俺のケーキだから、と以前にも聞いたうれしい言葉をつけ加えられて口元が弛む。

小さく頷けば優しい手が伸びてきて、私の猫っ毛をグシャグシャにした。

「私もね、えくぼが戻ったら十夜に言いたいことがあるの」

「俺たち同じ目標だな」

ろは一緒。

私と十夜の〝言いたいこと〟の内容はきっと違うかもしれないけれど、目指すところは一緒。


「そうだね」


ライバルだったあの時と一緒。

どちらが多くのお客さんを笑顔にできるか。

私も十夜も、互いを笑顔にしたいと思っていることに相違ない。

「俺、さっきのことモチコに謝ってくるわ」

そう言うと、軽快なステップを踏みながら前方を歩くモチコを追いかけていく。

その少し後ろを歩く私に、イトケンが申し訳なさそうに言葉をかけてきた。

「陽鞠ちゃんちのケーキ、本当にオージ好きでさ」

「そう言ってもらえてうれしい」

「モチコが駅前のカフェに行きたがったのは、オージが好きそうなケーキを探すためだったんだ」

パティスリー春川が閉業してオージの退院祝いに贈るケーキがなくなり、それを求めて躍起になっているのだと続けた。

それであの時、オージにバレずにカフェへ行きたかったのだろうなと思うと、モチコの優しさに私まで涙しそうになる。

「あの時は、オージにそんな病気があるなんて知らなかったから私もごめんね」

「ううん。俺たちまでケーキを我慢するのはオージのためじゃないから」

「うん」

「俺たちがケーキうまいって食べてるところを見せつけて、オージにも〝元気になったら、絶対みんなとケーキ食べてやる〟って思わせたくて」

体の横で握り拳を作りながらイトケンが言う。

優しいイトケンのことだから、本当はそうしたくないのだと思った。

甘いものが好物のオージの目の前でそれをするということは、想像を絶するくらい心苦しいことだから。

でも、イトケンの気持ちもなんとなくわかる。

「オージに生きてほしいから？」

「……うん。病気と生きてるオージだから、我慢するのも当たり前だと思ってるところがあるんだ」

当の本人は我慢してることにも気づいてないくらい明るく振る舞っているけど、と困ったようにイトケンは笑った。

明るく振る舞っているのではなく、おそらく気丈に振る舞っているのだと思う。

隙を見せたら、そこからボロボロとせき止めていた感情がこぼれてきてしまうから。

傷口に塩を塗ることが怖くて、自分だけで解決しようとしている。

それは私がずっと抱えてきたものだけれど、きっとオージも同じように思っているのかもしれない。

「ねぇ、帰りにオージのところに寄れないかな？」

「いいけどなんで？」

「なんか、さっきのオージが気になって」

文化祭を楽しみにしているはずなのに、さっきのあの寂しそうな瞳が気になって仕方がない。

いつも明るいオージだからこそ、一瞬暗くなる表情は重要なサインになる。

「さすが陽鞠ちゃん」

「やっぱり変だったよねオージ」

「だいぶ変だったな。陽鞠ちゃんがオージのこと気にかけてるって知ったら、すごく喜ぶと思うよ」

ありがとう、と続けながらイトケンがこぼした笑顔はとても優しくて、なんとなく十夜と重なった。

誰かを思ってこぼす笑顔は、こんなにも優しくて、こんなにも温かいんだ。

十夜もこんなふうに私を想ってくれているのかな。

だとしたら、どんなに幸せなことだろう。

十夜のことを考えると自然と口元が綻んだ。

「なんの話してんの？」

すると、前を歩いていたはずの十夜が怪訝そうに私の顔を覗き込んできた。

息がかかってしまいそうな距離。

心臓が跳ねて言葉の出ない私の右頬を十夜の人差し指がつつく。

まるで、私のえくぼに何かを呼びかけているように。

「な、何？」

「あのさ、陽鞠」

つついていた人差し指は言葉と同時に離れ、その手は私の髪に絡まされた。

私の猫っ毛は、それを拒むことなく受け入れる。

そして、親指の腹で頬を撫でられてくすぐったさを覚えた時だった。

「陽鞠の笑顔は俺だけのものだから」

俺が見てないところで笑うの禁止、と言いながら私の髪をグシャグシャにする。

その瞬間、全身の熱が顔に集中し、心臓がせわしなく動き始めたのがわかった。

まわりの音がうるさい鼓動音でかき消されていく。

私のえくぼを最初に取り戻すのは、十夜。

そういう意味を含んでいる気がした。

でも、そんなことを言われたら期待してしまう。

十夜がずっと好きでいる女の子は私なんじゃないかって、勘違いをしてしまう。

今すぐにでも、好きって言ってしまいたくなってしまう。

「君たちさ、イチャつくなら二人きりの時にしなよ」

隣にいたイトケンは冷静に突っ込みながらため息を漏らす。

イチャついているつもりはないのだけれど、そういうふうに第三者へ映ったことに少しうれしさを覚えた。

「それで、なんの話してたんだ？」

「えっと、帰りにオージの家に寄りたいなって」

「オージ変だったもんな」

「十夜も気づいた？」

「当たり前。理由はなんとなくわかるけど」

私もなんとなくわかる。

たぶん、それはこの四人しかわからない理由。

「私がオージんちに連れてってあげる！」

私たちの会話に聞き耳を立てていたモチコは目を輝かせている。

オージに許可は得ていないけれど、これ以上オージに我慢してほしくないから。

そんな話をしながら教室に戻ると、クラスメイトたちがとても心配した面持ちで駆け寄ってきた。

すると静まり返った教室で、黒髪ロングのさらさらヘアを後ろで一本に結わえた委員長が第一声を放つ。

「陽鞠ちゃんたち大丈夫だった？」

そういえば、私は泣きながら教室を飛び出し、そのあとを十夜たちが追ってきたことを思い出す。

あれから結構時間がたっているのに、あの時クラスにいた全員が帰らず残っていて驚いた。

作り途中だったキッチンスペースも完成しているし、帰っていてもおかしくはないのに。

「う、うん。ごめんね」

「謝ることなんて何もないよ。大丈夫ならそれでいいんだから」

「もしかして、待っててくれたの？」

「当然！　クラスメイトが悲しんでるのに放っとけないよ。B組はお節介集団なんだからさ」

まわりを見渡せば、そのとおり、と言わんばかりにみんなが同時に首を縦に振っている。

途中で私たちが抜け出したことを責めるクラスメイトは誰もいない。

それどころか心配して、安堵してくれている。

暖かい。温かい。

西の空から射し込む橙色《だいだいいろ》の陽が、教室を包み込んでいるからではない。

みんなの思いがひとつになって、心に射し込んでくるみたい。

そう思っているのは私だけではなかったらしい。

涙もろいイトケンは恥ずかし気もなく涙を流し、モチコも同じように瞳に涙を溜めている。

隣に立つ十夜は、鼻をすすって誤魔化している。

「ありがとう、みんな」

優しさに触れると、笑顔になる。

優しさに触れると、涙が溢れてくる。

この世界には気づかない優しさが漂っていって、気づかないうちにその優しさに包まれているのかもしれない。

「さ、陽鞠ちゃんたちも大丈夫そうだし、明日に備えてみんな帰るよー!」

『はーい！』

委員長がパンパンと両手を叩き解散を促すと、みんなはスクールバッグを持って教室を出ていく。

Ｂ組のみんなになら、私の過去のことを話せるかもしれない。

Ｂ組のみんなになら、オージも病気のことを話せるかもしれない。

少しだけ、そう思えた。

「委員長、ありがとう」

「何かあったらいつでも私に言ってね。委員長権限で助けてあげる」

かわいらしくウインクを飛ばすと、委員長も教室を出ていった。

頼もしい委員長に深々と頭を下げる私の瞳は、言わずとも揺れている。

みんなに疑いの目を向けてしまったことへの罪悪感。

みんなに思われていることを知った安堵感。

絡み合う、ふたつの思い。

それをほどいてくれたのは、十夜だった。

「陽鞠は何も間違ってない」

「十夜……」

大丈夫だから、と言ってこぼす笑みに私は何度も救われてきた。

言葉では形容できないほど、十夜への思いは深くなっていく。

私は十夜の笑顔が好きで、いつも見守ってくれる十夜のことも好きで。

だから……。

「私、前を向いて歩く」

「陽鞠？」

「今度は私が十夜を守るから」

「じゃ、陽鞠は俺が今までどおり守る」

オージが病気と向き合っているように、私もトラウマと向き合おうと思った。

小さな歩幅でも踏み出す一歩は、きっと大きな意味を成すはずだから。


「え、何やってんの？」

西の空にあった夕陽はすでに沈み、暗くなった夜道を街灯が照らす。

満面の笑みでオージの自宅前に立つ私たちを見て、玄関のドアを開けながらオージは瞬きを繰り返している。

あれからオージを文化祭に誘い出すにはどうすればいいだろう、という話し合いをした。

オージの体に負担をかけず一緒に楽しめる方法。

オージが未来に楽しみを見出だせるような方法。

導き出した答えは簡単なことだった。

鼻高々にモチコが一歩前へ足を出して、両手を広げながらオージに言葉を紡ぐ。

「どう？　似合ってる？」

「似合ってない」

「え⁉」

「嘘、うれしい」

オージはいつも黒いショルダーバッグを肩からかけている。

それは命の橋渡しを守る重要なもの。

命のバッテリー。

周囲の視線もそのバッグに注がれることがあり、なんとなくオージも後ろめたく思っていたのだろう。

そのバッグが見えないように手で隠すこともしばしばあった。

明日は文化祭。

生徒だけではなく一般のお客さんもたくさん来る。

その視線が自分に集まることを恐れて、あの時、寂しそうな瞳をしながらショルダーバッグに手を触れたのかもしれない。

だから、私たちは学校帰りに買い物をすませここへ来た。

「みんなオージとお揃い。明日は一緒に文化祭回ろうね」

みんなで黒いショルダーバッグを持ってピースサインを作れば、オージは下唇を噛んだ。

そして、視線は星が瞬く夜空へ向けられる。

「バカじゃねぇのお前ら。めっちゃうれしいし」

まるで夜空から降ってきた流れ星がオージの頬を滑るかのように、きれいな光が見えた。

ガラスのようにもろい心を隠したヤンチャ系オージは泣いた。

「やーい、泣いた泣いた！」

「うるさいっつうのモチコ」

先の、先の、そのまた先の未来なんてどうだっていいんだ。

すぐ先にある未来をどう過ごすか。

それを考えたら、オージにとっての直近の未来はこれしかなかった。

きっと、オージもみんなと同じように文化祭を楽しみたい。

その気持ちを私たちは汲んで行動を起こしただけ。

「こんなことされたら文化祭ブッチできないわな」

そう言いながら後頭部をかくオージは、とてもうれしそうに見えた。

私たちがしたことは自己満足で偽善かもしれない。

でも、何が正しいかなんてやってみないとわからない。

誰かの心を動かせるのであれば、ためらわずにその一歩を踏み出していいんだ。

「俺さ、病気になってできることも増えたんだ」

「できること？」

「ずっと野球バカだったんだけど、入退院の繰り返しでそれに費やす時間がなくなってさ。嫌いだった勉強に没頭できるようになったし、髪だって染められた。それに」

「それに？」

「こうしてみんなと過ごせる時間が増えた」

照れくさそうに鼻の下を指でこすると、あどけない笑顔を向けた。

私も殻に閉じこもっていた時期があったから、その気持ちもなんとなくわかるかもしれない。

消化不良の感情を自分ひとりで抱え込むより、誰かと一緒に過ごしていたほうが世界も広がる気がする。

こんな私でも誰かの力になれるだろうか。

誰かの力になりたい。

それを言葉にすることはできなくて、十夜のブレザーの裾を隠れてきゅっと握る。

「陽鞠?」

「オージに、パティスリー春川のケーキを食べさせてあげたい」

絶対にオージは退院する。

ドナーが見つかって、元気になって帰ってくる。

だから、私にしかできないことをしたい。

「それは俺と一緒に作りたいってこと?」

こくりと頷けば、十夜はいつもの反則級の笑顔でそれに応えた。

十夜となら、ケーキと向き合える気がする。

十夜となら、止まったままの時間を動かせる気がする。

その一歩を十夜と踏み出したい。

そう思わせてくれたのは、紛れもなく病気と向き合うオージだから。

「ダメかな?」

「陽鞠のお願いを俺が断ると思う?」

「思わない」

「正解」

ブレザーの裾を握る私の手に、十夜の手が重ねられて胸が高鳴った。

やっぱり十夜は私に甘い。

「オージは他にやりたいことある？」

「欲を言えば、野球したいしイヤリングじゃなくてピアス開けたい」

人工心臓を植えている限り感染には細心の注意を払わなければならない。

開けたピアスの穴から雑菌が侵入して感染を起こしでもしたら、命の危機につながってしまう。

ピアスの穴を開けない理由はそれだった。

そういえば、以前、十夜にオージのチャラさを指摘した際「あれは好きでやってるけど、ちゃんと理由があるから」と言っていたっけ。

優秀な成績を収めているのも、チャラい感じを装っているのも全部理由があってのこと。

「私はピアス怖いから開けられないけど、野球一緒にしよう！」

「陽鞠ちゃん、野球って何人でやるか知ってる？」

「何人？」

「最低でも一チーム九人」

思わず、ここにいる人数を確認してしまった。

五人しかいないこのグループは、どうやったって九人には増やせない。

オージが野球をやりたいと意思表示をしてくれたのに、チームすら作れないことを知り、頭を抱えてしまう。

でも、オージはそれに重きを置いていないようで話題を変えてきた。

「そんなことよりさ、みんなのやりたいことは？」

オージの問いかけに、間髪を入れずに言葉を発したのはモチコだった。

右手を夜空に垂直に上げて爪先立ちをし、選手宣誓のようにモチコは言う。

「はい！　私、望月梨子はオージと結婚します！」

「モチコのそのセリフは聞き飽きた」

前傾姿勢になるモチコの額を、煙たがるようにして手で押し返すオージはまんざらでもなさそうだ。

モチコは恋愛なんかに興味なさそうなタイプだと思っていたけれど、オージを幼なじみとしてではなく男の子として見ているのだとこの時に初めて知り、なんだか親近感が湧いた。

でも、イトケンがモチコに好意を抱いていたらドロドロになりそうだな、と思っているとそれはすぐに否定される。

「君たちが結婚したら俺が祝辞を述べてあげるよ」

「私たちに続いてイトケンもしおりんと結婚だね」

「二十歳になるまで、しおりんには手を出さないって決めてるから」

犯罪になるし、とさらりと大胆発言をするイトケンにため息を漏らすのは、しおりん先生の実の弟であるオージだ。

この話はもう聞き飽きたと言わんばかりのオージの冷めた瞳に少し笑ってしまった。

まさかイトケンの好きな人がしおりん先生だとは思わなかったな。

「モチコとイトケンはもういいから。陽鞠ちゃんは何がやりたい？」

そう尋ねられて思ったことは、ひとつだけ。

ライバル時代からひそかに育んでいた十夜への想いを伝えること。

ちらっと十夜に視線を送ると、吸い込まれそうなほどきれいな瞳でまっすぐ見つめられていた。

視線が合うだけで胸が高鳴る。

視線が合うだけで体が熱を帯びる。

私、十夜が好き。

それを言うのは、えくぼが戻ってからと決めているから別のことを言葉にする。

「香月のおまんじゅうに負けないくらいおいしいケーキを作る」

自分を追い込んで奮い立たせる。

大好きだった両親の遺志を受け継ぎたい。

それは、十夜とライバルでいられる唯一の方法でもあるから。

決意を胸に顔を上げると、十夜が自信満々に言葉を放つ。

「俺のほうがうまいケーキ作れると思う」

「ゲテモノまんじゅうのまずさを自覚すべきだよ」

「言ったな？」

「何よ！」

あの頃と変わらない。

指を絡ませて額をくっつけて。

火花を散らしてどちらが正しいかを競い合う。

当たり前だった生活が戻ってきたようでうれしくなった。

十夜も同じことを思ったのだろう。

睨み合いながら同時に笑みをこぼした。

「俺は、パティスリー春川をぎゃふんと言わせるくらい香月を有名にしてみせる」

「やれるもんならやってみなさい」

大丈夫。私たちはきっと、あの頃に戻れる。

そうなりたいと互いに思っているから、このやりとりが始まった。

「お二人さん、ケンカするほど仲がいいっていうアレだな？」

いがみ合う私たちを見てオージがからかうように言う。

その言葉を受けて絡めている指と触れていた額を離した私と十夜は、気まずい雰囲気を残して距離を保つ。

勘違いをされるような行動をとってしまったなと反省していると、背後から聞き慣れた声がした。

振り向くと、しおりん先生が腰に両手を当てて怪訝そうに前傾姿勢を保っている。

「こらこらこらー、そこの高校生たち。何時だと思ってるのかしら？」

このまま怒られると思っていたけれど、しおりん先生の表情は一変する。

私たちひとりひとりに視線を送り、瞳の中に星を降らせて声を震わせた。

「みんなお揃いのバッグ持っちゃって、仲よしなんだから」

そんなしおりん先生を見つめるイトケンの優しいまなざし。

うれしそうなしおりん先生を見つめるオージも、そんなオージを見つめるモチコも、みんなのまなざしはとても優しくて、想い合うことのくすぐったさをひそかに感じていた。

十夜の視線の先にも私がいればいいのに。

そう思うだけで、その視線の先を確認することはできなかった。

「私、この高校でみんなと出逢えてよかったな」

両親のことを触れられたくなくてこの高校に入学したけれど、今ではそれを覆すほどの思いが心を占領している。

悩みを共有し、その一助になれるということがこんなにも喜ばしいことなのだと知ることができた。

それが実質的な悩みの解決になるかはわからないけれど、少なくとも私はそれで一歩を踏み出せる勇気を得ることができたと思う。

「俺もこの高校でよかった。生きて帰ってくるからさ、それまで俺の居場所、守っておいてくれよ?」

「もちろん!」

これは私たちだけの秘密。

私たちだけの、ほんの先の未来の約束。

私たちの輪は、少しずつ広がり始めている。


それから私と十夜はしおりん先生に最寄りの駅まで送り届けてもらい、商店街を並んで歩いていた。

「陽鞠のばあちゃんたち、うちで風呂も入ってくって言ってた」

「ライバルだったくせに今では仲よしだよね」

オージの家へ寄り道することを提案したのは私だけれど、帰りが遅くなることを少したためらっていた。

それを察した十夜は自分の家に連絡し、私の祖父母を十夜宅の夕飯に招くよう計らってくれていたのである。

できる男すぎて頭が上がらない。

「ありがとう、十夜」

「これからはケーキ作りにも付き合わせるから」

「ケーキ？」

「オージのためにケーキ作るんだろ？」

「うん！」

私の言ったことを覚えていてくれて、それを叶えようとしてくれるところが大好き。

「十夜は香月を有名にすること以外にやりたいことはある？」

「陽鞠を笑顔にするケーキを作ること。何度言えばわかるのかな、陽鞠さんは」

「私のえくぼが戻ったら十夜も解放されるし、頑張るね」

本当はえくぼなんて戻らなければいいと思っている。

目標を達成してしまったら、きっと私たちの距離は開いていってしまうから。

「陽鞠」

「どうかした？」

「えくぼが戻ったら、俺の気持ちちゃんと伝えるから」

「私なんかより先に好きな女の子に告白しないとだよ。誰かに取られちゃうかもしれないし」

自分で言っておきながら突然襲いかかる焦燥感。

十夜が私の知らない女の子に取られてしまう。

ひとりじめも、もうできなくなってしまうんだ。

でも、この気持ちを悟られないように笑顔を取り繕うしかなかった。

「取られたくないから、早くえくぼ戻して」

「十夜？」

「陽鞠のえくぼを最初に戻すのは俺だから、絶対他の男の前で笑顔見せんなよ！」

右頬を指先でつついてくる十夜の顔が赤く染まっている。

夕陽は沈み赤みを帯びる街灯もこの商店街にはないのに、そんな反応をされて少しだけ期待してしまう私がいた。

私の笑顔は十夜だけのもの。

嘘だとしても、それがうれしくて口元が綻んだ。

「それは十夜のストーカー宣言？」

「あはは。冗談です、春川陽鞠善処します」

「はー？」

「よろしい」

そう言って一歩先に足を踏み出した十夜を追いかけるように、私も一歩を踏み出す。

広くなった肩幅、見上げるほど高くなった身長。

手を伸ばせば届く距離。

その距離を縮められない私は、今日も気持ちを隠し十夜宅で盛り上がる祖父母を引き連れて帰宅の途についた。

第四章 動き始める未来

思いと時間が交差する

文化祭当日。

お揃いの黒いショルダーバッグを携えた私たちは、Ｄ組が催している輪投げコーナーにいた。

バッグの右下にはニコちゃんマークのワッペンが縫いつけられ、そこには私たちのイニシャルも刺繍《ししゅう》されている。

昨日の解散後にモチコが用意してくれたらしく、登校してすぐにそれは縫いつけられ、バッグがかわいらしくなった。

オージも欠席することなく文化祭に参加してくれて、今は全力で輪投げを楽しんでいる。

「よっしゃ、俺の勝ち！」

右手でガッツポーズをするオージは、今までにないほど眩しい笑顔をしている。

勝ち誇ったように十夜を見おろす瞳に悪気はないと思う。

十夜はスポーツが得意なわけではないし、そもそも勝敗にこだわりもなく、この勝負に負けても表情ひとつ変えなかった。

「輪投げでオージに勝とうと思ってないから」

「はーん？　じゃ、陽鞠ちゃんと勝負するからいいや」

そう言うと、オージは満面の笑みで私の前に立った。

十夜より十センチほど高い身長のオージを見上げると、少し首が痛くなる。

「私も十夜と同じで輪投げ下手だから勝負にならないよ？」

「大丈夫。俺が教えてあげるから」

ほらほらこっち、と手を引かれてコーナーの前に立たされると、私の背中側にその身を置く。

そして、後ろから伸びてきた手はそのまま私の手に触れた。

「っ、オージ⁉」

「この輪をこうやって持って、投げる時は肘を伸ばすね」

無視して輪投げの方法をレクチャーするオージの言葉が頭に入ってこない。

十夜以外の男の子とこんなにくっついたことは初めてで、頭の中はプチパニックを起こしている。

背中から抱きしめられている感じが、オージを〝男の子〟として意識する要因になってしまいそうだ。

動揺する私の耳元でオージは追い打ちをかけてくる。

「陽鞠ちゃんの好きな人って、十夜でしょ？」

「え⁉」

「俺、お節介だから恋のキューピッドになってあげるよ」

頭上から湯気が出てきそうなくらい、このシチュエーションが恥ずかしい。

モチコだってオージが好きなんだしこれはよくないと思ってモチコを見るけれど、まったく眼中にないようでイトケンと輪投げ対決をしている。

助けを呼ぶ相手もいないこの状況の打開策は浮かばず、息苦しさを覚えた時だった。

「陽鞠が勝負するのは俺だけだ」

強力な粘着力のマジックテープを剥がすように私の体はオージから離された。

握られたままの輪投げの輪は、まだ飛ばせずにいる。

「と、十夜？」

「陽鞠も俺とライバルだってこと忘れんなよな」

「ご、ごめん」

なぜ謝罪の言葉が出たのかわからないけれど、苛立ちをあらわにする十夜にそれを言うしかなかった。

ライバルでいたい私たちは、好んでその言葉に縛られ続けている。

チラッとオージに視線を送れば小さくピースサインをして、まるで十夜に邪魔されることを予期していたかのような顔をした。

「聞いてんのか陽鞠？」

「え？　なんだった？」

「俺が教えてやるって言ったんだよ」

「え」

「何その言い方。オージはよくて俺はダメなの？」

どうしてしまったのだろうか。

めずらしく拗ねる十夜に困惑してしまう。

オージには負けたくないということなのだろうか。

「勉強とスポーツは敵わないけど、十夜にはおまんじゅうっていう強味があるから大丈夫だよ」

「いや、なんの話？」

「オージに負けたくないんでしょ？」

「……はぁ」

このため息には悪意がある。

わざと肩を落として、わざと大きく息を吐いたのがその証拠だ。

「私に向かって二酸化炭素、吐かないでよ」

「ひどすぎるし」

「心配しなくても私は十夜の永遠のライバルだから」

だから、恋人ができてもこの関係を続けてほしい。

その言葉を心のうちで呟いて、握りしめたままの輪をゴールの棒に投げるためヘタクソな構えをする。

素直になれない自分が悔しい。

ライバルではなくて、ひとりの女の子として見てもらいたいだけなのに意気地なしは治らない。

「ヘタクソ」

「え?」

「足先はゴールに向けて、輪はもう少し高い位置で持つんだよ」

先ほどのオージの役割を今度は十夜が担っていて、心臓が壊れそうなくらい音を立てている。

十夜を〝男の子〟として、どんどん意識してしまう。

「せーの」

十夜の力に任せて投げた輪は、くるくると円を描きながら収まるべきところへ飛んでいく。

その軌跡もスローモーションに見える。

まるでゴールへの道標を示すよう。

息をのんで見守ったそれは、ストンと棒に収まった。

「よし、俺のコントロール完璧《かんぺき》」

触れていた手が離れていくのに、温もりが消えない。

無意味な拍動が収まらない。

私を差し置いて会話をするオージと十夜は、いつもどおりである。

「へぇ、十夜もやればできんじゃん」

「うるさい」

「間違っても、まんじゅう投げんじゃねぇぞ？」

「投げるかよ」

たった数秒の出来事だったのに、こんなに意識してしまっては告白の時はどうなってしまうのだろう。

先が思いやられるな、と思っていると息を上げた委員長が走ってきた。

「いたいた香月くんチーム！」

「委員長？」

「おまんじゅう足りなくなりそうだからヘルプ」

私たちのチームの担当時間は先ほど終わったばかりだけれど、いつの間にそんなにおまんじゅうが売れたのか。

冷えると固まってしまうから一度に作れるおまんじゅうの数はそう多くはないし、きっと思ったより多くのお客さんが集中して足りなくなったのかもしれない。

クラスのピンチに私たちは二つ返事で、委員長とともに調理室へと足を向けた。


香月のおまんじゅうは弾力があってもっちりしている。

作り方は香月の秘密と言って教えてくれたことはないため、生地作りは十夜の仕事である。

強力粉にあんこに塩。

材料はわかっても、その練り方などはやはりプロの息子には敵わない。

すでに発酵し終わった生地を取り出し、そこからは私たちも作業に加わる。

「陽鞠、もっと皮を薄く伸ばせって言ってるだろ？」

「こ、こう？」

「もっと薄く。それじゃ蒸した時においしくならない」

「うるさいんですけど。十夜のおじさんみたい」

「はぁ、これだから洋菓子店の娘は」

「和菓子店の息子が何を言ってんだか」

「なんだと⁉」

調理室の一角で私たち五人と委員長が作業をしている中、十夜と私だけがおまんじゅうを握り潰してしまいそうな勢いで火花を散らしている。

すると、委員長がため息をつきながら間に入ってきた。

「仲よしなのは結構だけど、手は止めないでよね」

「委員長はどっちが悪いと思う？」

「どっちも悪い」

切り捨てるような潔い返答にオージが吹き出した。

委員長に言いくるめられた私と十夜に向かってイタズラっ子のように指を差し、笑いをこらえているオージは、じつに楽しそうである。

そんなオージに冷ややかな視線を送るのも委員長で、これ以上叱られたくない私たちは唇を固く結んだ。

気まずい雰囲気の中、文化祭を楽しむ生徒やお客さんの声を聞きながら私たちは黙々とおまんじゅうを作っていく。

そのまま沈黙が続き、それは委員長のため息によって破られた。

「ねぇ、大塚くんはこのままでいいの？」

ふいに紡がれた言葉に、この場にいる全員が目を丸くする。

必然的にみんなの手は止まり、委員長に視線が集まった。

「伝えたいことは隠してても伝わらないもんだよ」

何かを見透かしたかのような委員長の瞳がオージを捉えた。

瞳に映るオージは唇を固く結んだままだけれど、委員長の視線から逃げずに真っ向から対峙している。

伝えたいことは隠していても伝わらない。

何も言わずに共有できることなんて知れている。

それをわかっていてあえて私たちは隠し事をしているけれど、きっと委員長には〝察してくれ〟というこっちのご都合主義は通用しないのかもしれない。

「えー、委員長は何を言ってるのかな」

「B組はいい子ばかりだから大丈夫だよ」

しかも、委員長は先読みして発言をする。

でも、大人ぶるとか見下すとか、そういう雰囲気は一切感じられない。

ただ、委員長の瞳が波打つように揺れているのだけはわかった。

「大塚くん、光《ひかり》が丘《おか》病院に入院してたことあるよね？」

振り絞るように紡がれたその病院名に聞き覚えはあった。

このへんでは一番大きな病院で、私があの事件からまもなくして祖父母に連れていかれたのもそこだったと思う。

循環器を得意とした病院で、たぶんそこでオージは入退院を繰り返している。

なぜそれを、と言いたそうなオージの雰囲気をこの場にいる全員が感じ取った。

「委員長は詮索が得意なのか？」

「まさか。私のお姉ちゃんもそこに入院してたから。大塚くんのことは私が一方的に知ってるだけだけどね」

あんこを包んだおまんじゅうの皮を薄く伸ばしながら淡々と話すオージは、昨日の保健室でのオージを彷彿とさせた。

受け入れているつもりで受け入れられていない〝何か〟を抱えているような、そんな様子で委員長は言葉を続ける。

「ねぇ、そのバッグってバッテリーじゃない？」

「……え？」

「お姉ちゃんも、それしようとしてたから。急変して間に合わなかったけど」

紐解かれていくオージの過去に新たな関係者が浮上した。

委員長のお姉さんもオージと同じ病気でドナー待ちをしていたけれど、重篤な心不全で亡くなってしまったのだと言う。

「少しの期間だったけど、大塚くんとお姉ちゃん同室だったの」

「もしかして、委員長の姉ちゃんケーキ好きだったりした？」

「うん。大好きなケーキ屋さんがあって」

その言葉を聞いたオージたちの視線が私に集まった。

視線の意味はわかる。

オージが前に言っていた。

同室の人がパティスリー春川のケーキがおいしいと言っていたのがきっかけで、自分も好きになったのだと。

その人が、きっと委員長のお姉ちゃんだったのかもしれない。

「委員長の姉ちゃんが好きだったケーキ屋さんは陽鞠ちゃんちだよ」

「え⁉」

「俺は入学してから知ったけど」

「陽鞠ちゃん神！」

なぜ私が崇拝され始めたのかわからないけれど、両親のケーキがまた誰かの支えになっていた真実がうれしくてたまらない。

「陽鞠ちゃんちのケーキ屋さんもおいしかったけど、その前にある和菓子屋さんのおまんじゅうもおいしかったな」

「それ俺んち」

「すごい！　地理関係が全然わかんないんだけど、香月くんちのおまんじゅうだったとは」

委員長に褒められる十夜は、鼻高々でありながらうれしさに頬を弛ませている。

なんだかズキズキする心。

十夜の好きな人って、もしかして委員長だったりして。

私がよく知っている子だと言っていたし、もしかすると、いい線いってるかもしれない。そう思うと、ため息しか出なかった。

「でも待って、そのケーキ屋さんって……」

「あ、うん……お父さんたち事故で死んじゃって、今はもう普通の一軒家なんだ」

「ごめん！」

「ううん。覚えててくれたことがうれしいから、ありがとう」

そうだ。

風化させたいわけではない。

パティスリー春川はお客さん思いの愛で溢れたお店だと、記憶の片隅に残してもらえたらそれだけで私はうれしいと思える。

両親の話題を避けていたはずの私は、少しずつそれを受け入れ形に残したいと思い始めている。

だから、オージのためにケーキを作りたいと思ったんだ。

「お姉ちゃんは助からなかったけどね、大塚くんには元気でいてもらいたいから」

「委員長……」

「大塚くんが病気のことを隠したいならそれでもいいと思う。でも、それを伝えてくれたらB組はもっと結束力が高まる」

B組思いでまっすぐな委員長は柔和な笑みをこぼした。

私と同じで最愛の家族を亡くしたのに前向きで明るくて、みんなのことを考えながら行動している。

そんな委員長を支えてあげるのもクラスメイトだと思うから、私は持っていたおまんじゅうを一旦置いて言葉を紡いだ。

「委員長もずっと辛い思いを抱えてきたんだね」

「陽鞠ちゃん……」

「私もいまだにお父さんたちが死んじゃったことを受け入れられてないし、どうして一緒に死ねなかったんだろうって思ってた」

あの日の後悔は磁石のように年月がたっても吸着している。

でも、そうじゃないと思えたのはみんなとの出逢い。

みんなと共有できた過去があるから。

「でもね、私はみんなと新しい一日を過ごしたい。あの日から抜け出したい」

「私も、抜け出したつもりで抜け出せてないの。好きな人がいなくなるって、言葉では言い表せないほど残酷で悲しいものだよね」

本当にそう思う。

否認や孤立をへて、受容の段階へ行くにはあとどのくらいかかるかわからない。

それでも時間は刻一刻と進んでいる。

置いてきてしまった時間に居座り続けるのは、もうやめよう。

「みんな、生きてる場所が違うだけなんだよね」

「陽鞠ちゃん？」

「私たちは生きてる。お父さんたちも死んじゃったけど、こうやって誰かの記憶の中で生きてる。だから私は、今ここにいるみんなと生きていきたい」

生きたいと願う。

当たり前に心臓が動いて、当たり前に呼吸をする。

当たり前に体温があって、当たり前に感情がある。

その当たり前が奇跡に等しくて、それはとてつもなく大きな愛で動いているものなのだと知った。

例えそれがこの世界から消滅しても、誰かの記憶の中で生き続けていく。

だからもう大丈夫。

あの日の時間から脱却する一歩を今、踏み出すんだ。

私は、ひとりではない。

私たちは、ひとりではない。

踏み出す最初の一歩は、みんなと……。

「陽鞠ちゃん、私を泣かせるなんて覚えてなさいよ？」

「え！」

甘いはずのおまんじゅうは涙味になろうとしている。

静かだと思っていたイトケンとモチコの涙は生地に溶け込むほど流され、十夜はそれを見ながらまんじゅうオタクらしい発言をするのだ。

「塩分含ませすぎなんだけど。まんじゅうにそんなに塩いらないから」

「冷た！」

「陽鞠だってしょっぱいケーキは嫌だろ？」

「それも醍醐味《だいごみ》だよ」

「聞いた俺がバカだった」

せっかくの和解ムードをぶち壊すまんじゅうオタクは、冷酷なフリをしているだけでじつは優しい。

あんこを包んでいた手を止めてペーパータオルでその手をきれいにすると、その手は迷わず私の目尻へ触れた。

「泣き虫。陽鞠の涙はとくにしょっぱそうだから俺が拭いてやる」

すっと拭われた涙は、十夜の指先にきれいな楕円を描いて乗っている。

濁りのないそれは、まるで鏡のように私を映し出した。

わずかに赤く染まった頬。

とても速い拍動だけがそこには映らない。

「俺も陽鞠と生きていくから」

「十夜?」

「俺の隣で一緒に生きてよ、陽鞠」

好きな女の子に言うべきセリフを私なんかに言って、やっぱ今のなしって言っても聞いてやらないんだから。

大きく一回頷けば、反則級の笑顔を向けられてどうにかなってしまいそうだった。

加速する恋心はもう止まらない。

すると、オージは根負けしたように口を開いた。

「B組のお節介具合は俺に負けてねぇな」

「そうよ。大塚くんは人気者なんだから、ちゃんと模範になるように行動してもらわないと」

「あはは。ありがとう、委員長。俺、ちゃんとみんなに話して元気になって帰ってくる！」

オージの前向きささを私も見習いたい。

病気と向き合ってどうやって生きようかと模索する姿を見ていると、私も負けていられないなと思う。


それから、おまんじゅうを適数作り終えた私たちは委員長と別れ、校内をぷらぷらと歩いていた。

「遠足前の気分」

胸をさするオージは、B組に自分の病気のことを話すと決めてからずっとこんな調子で緊張している。

隠し通すつもりでいた秘密をクラスメイトに話すということは、想像しただけでも緊張する。

遠足前によくあるワクワクの高揚感ではなくて、口から内臓が飛び出してしまいそうな緊張感。

「オージ」

「どしたの陽鞠ちゃん」

「オージには私たちがついてるよ」

「陽鞠ちゃん好き」

「え⁉」

なぜそこで抱きつく、と冷静に返したのはイトケンだ。

それじゃあ私も、とオージに抱きつくモチコはとても楽しそうで、まあいいかと思っていたのは私だけだったらしい。

ものすごい勢いで駆け寄ってくる足音が聞こえたかと思えば、その人物は私だけをそこから引き剥がす。

「そっちの幼なじみに陽鞠を巻き込むなよな」

「あれあれ十夜さん、俺と陽鞠ちゃんがくっついて何か問題でも？」

「潤にはモチコがいるだろ」

幼なじみからの恋人。

オージとモチコがいつかそうなるように、私と十夜もそういう関係になれたら幸せなのに。

その一歩を踏み出すことがまだできないからもどかしいけれど。

「俺さ、こんな病気だし自分には未来がないって思ってた」

「オージ……」

「だから、代わりにみんなが幸せになれるようにって配慮してたんだ」

オージはいつだって明るいムードメーカーで、最初は何も考えていない陽気でヤンチャな男の子の印象だった。

でも、それは病気と向き合っていてこその役回りだったのだと今ならわかる。

「だけど、俺もみんなと未来を歩きたい。生きたい。死ぬのを恐れて何もしないのはやっぱダメだよな」

そんなオージに背中を押されたのは私だけではなくて十夜も同じだった。

照れ隠しなのかオージの背後に回り、羽交い締めをする十夜は感謝をするかのように言葉を紡ぎ始める。

「俺だって潤のおかげで前に進もうと思った。やっぱお前はすごいヤツだよ」

「バカ。んなこと言われても、男と付き合う趣味ないって」

「奇遇だな。俺もだ」

オージと十夜の関係がたまに羨ましく思う。

互いに欠かせない存在というのが熱いほど伝わってくる。

春川家と香月家を思い出しながら、男の友情というものは熱血で繊細で生涯続くものなのだと改めて実感させられた。

「こっち帰ってきたら、もうこのバッグともサヨナラだと思うと寂しいわ」

「そうしたらまたお揃いのもの作ろう」

「みんなでピアスだな」

「却下」

痛そうだし、と意外にもビビリなこのグループはピアスへの抵抗を見せる。

ちぇ、と口を尖らせるオージを見ながら笑い声を交わす私たちは、文化祭をひとしきり堪能し時を忘れるくらい無邪気に楽しんだ。

文化祭を無事に終え、オージはB組のみんなに持病のことと心臓移植のため渡米することを伝えた。

結果クラスからは涙と嗚咽の嵐。

でも、みんなオージの人柄に感化されていたから、それを隠していたことに不機嫌を呈するクラスメイトは誰ひとりとしていなかった。

オージがいないとこの高校は活気がなくなる、とか。

オージがいないとみんなの高校生活は終わらない、とか。

帰りを待つ言葉が飛び交う教室でオージは大粒の涙を流しながらとびきりの笑顔をこぼしていて、私まで笑顔になった。

加えてオージが「俺の元気の源は陽鞠ちゃんの両親が作ったケーキ」だなんて言うから、必然的にパティスリー春川の話題にもなり、みんなの涙に拍車がかかる。

これもきっとオージの優しさ。

私が、この高校で秘密を抱えたまま苦しい生活を送らないように配慮をしてくれたのだと思う。

涙を流すことは悪だと思っていたのに、その涙が今はとてもきれいに見える。

流さないといけない涙もあるんだなって、そう思った。

秘密を知られたくなくて最小限の人間関係を築く予定でいた私たちは、いつの間にか多くの人に支えられている。

人は支え合うものだと言うけれど、それは無意識に行われているものなのだと思う。

偽善の優しさなんて、存在しない。

目に見える優しさ、心で感じる優しさ。

優しさにも種類があるけれど、それは誰かを思って生み出されるもので必ず誰かの力になる。

だから、私も誰かの生きる力になれるような人でありたいと思う。

笑顔のループ

それから少しして受け入れ先の病院が決まったオージは、必ず戻ってくることを約束して渡米した。

不登校児だったから、いなくてもさほど変わらない……というはずもなく、私たちは寂しさと不安を抱えながら高校生活を送っている。

十一月の後期中間テストも終わり、冬休みまでの残りの授業をそつなくこなすのみとなっていた。

ドタドタと階段を駆け上ってくる足音。

もう何百回聞いているかわからない。

今では早く会いたいと思う気持ちが強くなっている。

「陽鞠ケーキ食って！」

「ノックがなかったです」

「いいんだよ、陽鞠の部屋は俺の部屋なんだから」

変わらない日常は今もここにある。

私と十夜だけの変わらない日常は特別な時間になっていた。

「わー！　今日はチョコレートケーキだね」

「おじさんのケーキより、うまそうだろ？」

「お父さんのチョコレートケーキに勝とうなんて百年早いんだから」

でも、お父さんの背中を追ってくれている感じがしてうれしい。

目が合えば口ゲンカをしていた二人だけれど、春川と香月の男性陣はこうして反論し合いながらも伝統を受け継いできたのだろうな。

そんな二人を、ほほ笑ましく見守っていたあの頃が懐かしい。

「どうだ？」

「頭の中ではわかるんだけど、味はまだ出てこないみたい」

悔しいな。

十夜がここまで頑張ってくれているのに味がわからないなんて。

何度も作ってくれるケーキを毎回完食することでしかお礼を伝えることができないことが、こんなにも心苦しい。

いつものように完食してフォークを置くと、十夜からケーキとは別のあるものを見せられた。

「じゃ、次は俺のまんじゅう食って」

「えっ」

「なんだよ、その嫌そうな顔」

久しぶりのゲテモノまんじゅうに驚きつつも高揚する。

和菓子処香月と印字された白い紙袋を手渡されて、一瞬開封するのを戸惑ったフリをした。

「ゲテモノ?」

「食えばわかる、と思う」

視線を外す十夜の頬が、わずかに赤いのは気のせいだろうか。

おそるおそる紙袋を開封して、ゲテモノまんじゅうであろうそれを取り出すと甘い香りが鼻腔をくすぐった。

ペペロンチーノまんじゅうや、さばの味噌煮まんじゅうとはまったく違う甘い香り。

香月のおまんじゅうの香りに包まれて香ってくるのは、懐かしい香り。

それは、私がずっと避けてきた香り。

「十夜、これって」

「俺、考えたんだ。ケーキだと思って食うから味がわからないのかもって」

「そう……かな?」

「騙されたと思って食ってみて。それ食べて嫌な記憶を思い出して泣いたら俺が慰めてやるから」

どうして十夜は、そこまで私のことを考えて動いてくれるのかな。

自分から見てもとても面倒くさい女だと思うのに、幼なじみとライバルという関係がそれを苦として捉えられないようにしているのだとしたら、少し申し訳なくも思う。

「この時季のいちご、高いのに」

「陽鞠のその営業思考は相変わらずだな」

「商売するんだから、どれだけ安く仕入れるかって大事なことだよ。スーパーでまだ売ってないよね？」

「安斉《あんざい》さんちに頼んで発注してもらった。一パック千円ちょっと」

安斉さんというのは商店街の並びにある青果店さん。

パティスリー春川を経営していた頃もよくお世話になっていた。

季節は秋。

この時期のいちごの入荷は高値覚悟で、安斉さんちに頼み込んでまでこれを作ってくれたことに頭が上がらない。

香ってくるのは間違いなく大好きだったいちごのショートケーキ。

あの日を境に味がわからなくなり、大好物リストからも姿を消していたもの。

食べるのは怖くないと言えば嘘になるけれど、一歩を踏み出すと決めたからには覚悟を決めたい。

「千円払うね」

「いやいや。いいからまず食って」

「うん、わかった」

おまんじゅうを食べるだけなのに緊張する心は、それを持つ指を震わせた。

本当は思い出したい。

大好きだったケーキの味を。

忘れてしまったケーキの味を。

深呼吸をひとつして口元に運んでそれを一口頬張れば、香月のおまんじゅうの皮の味が口内に広がった。

噛むことをためらいつつも、意を決しておまんじゅうの味を噛みしめる。

「どうだ？」

「……」

一度、二度、三度。

確かめるように噛むうちに視界が歪んでくる。

せき止められていた波が打ちつけてくるように、私の心をのみ込み始め、それは覆っていた暗幕だけを剥いでいく。

「陽鞠？」

「十夜……」

「ごめん、やっぱ無理させたかも」

違う。

この涙はそれではなくて、もっと喜ぶべきもの。

いちごのショートケーキが私をあの時間に戻していく。

『陽鞠ちゃん、二階の冷蔵庫にいちごのショートケーキが入ってるから、食べたらお手伝いしてもらってもいい？』

これはきっと、あの日の続き。

このおまんじゅうを口に含んだ時からなんとなくわかった。

おまんじゅう以外の味が、私に何かを主張しようとしてきていることが。

噛めば噛めほどわかる。

いちごの酸味とスポンジと生クリームの甘さが、口内でワルツをしているみたいに弾けている。

大好きだったショートケーキの味。

これを食べたらお店の手伝いをして、今度は私がお客さんを笑顔にする番なんだ。

「おいしい……大好きだった味がする」

ぽろぽろと頬を伝う光に悲しみは含まれていない。

あるのは、うれしさと感謝。

後光が差すように、失われていた味が全身に入り込んでくる。

「味が、わかるのか？」

小さく頷いて返事をした。

忘れていたケーキの味は間違いなく私の口内に広がっている。

「そうか……よかった」

十夜は力が抜けたように背中を床に預けると、前腕で目元を隠しながら下唇を噛んでいる。

達成感と安堵感からくる涙が十夜の目尻からこぼれた。

もうすぐ三年。

十夜がケーキを作り続けてくれてからは二年。

長いようで、あっという間だった。

でも、しがらみがようやく解けて、私たちをつなぐ共通点はひとつ減ってしまったのだと思うと胸がざわついてしまう。

「十夜、あの……」

「陽鞠、笑ってみて」

「えくぼ、出るかもしれないから。な?」

えくぼ。

それが出たら、十夜は他の女の子のものになってしまう。

ずっと独占していたいけれど、嘘をついてまで十夜をつなぎ止めるのは間違っている気がする。

だったら最高の笑顔を見せて、十夜の背中を押してあげたい。

えくぼなんて意識して出したことがなかったから、今さらどうすればいいかわからないけれど、十夜を笑顔にする笑顔を向ければいいんだ。

「十夜のおまんじゅう、すごくおいしかったよ。ありがとう」

十夜と幼なじみになれて、ライバルになれて幸せだった。

共有した記憶には苦しいものもあったけれど、それを今日まで一緒に乗り越えてこられたことは私の宝物。

「おかえり、陽鞠」

「と……」

十夜。

その名前を呼ぶ前に、私の体は十夜の腕の中に収まった。

ずるすぎるこの行動に抗《あらが》うことなんてできなくて、反射的に十夜の背中に腕を回してしまった。

「やっぱ陽鞠のえくぼは最高だな」

「えくぼ戻った？」

「バッチリ」

私を抱きしめながら、うれしさからなのか私の体を左右に何回も振る十夜。

よかった、と何度も耳元で言いながらそれはしばらく続き、若干の吐き気を感じた私がそれを制止する。

「十夜、気持ち悪くなる」

「あ、悪い」

ぴたっと動きが止まって冷静になった私たちは、この状況がどういうものなのかを再認識することになる。

二人きりの部屋で体を密着させているという事実に、二人して固まってしまった。

鼓膜を刺激するのは自分の鼓動音と十夜の息づかい。

私は視線を泳がせながら息の仕方を思い出し、十夜は深呼吸をしている。

「あのさ、陽鞠」

この気まずい雰囲気を破ったのは十夜だった。

言葉を紡ぐ前に聞こえた深呼吸の意味を知りたくて、そのまま次の言葉を待つけれど、なかなかそれは紡がれない。

言うことをためらっているような雰囲気がうかがえる。

「えくぼが戻ったら聞いてほしいことがあるって言ったけどさ」

「うん？」

「やっぱ、もう少し秘密にしておく」

「私は大丈夫だけど、好きな女の子には告白しないとダメだよ？」

そういう約束だった。私のえくぼが戻ったら恋愛するという約束。

十夜の背中に回していた腕を離して距離を保とうとすれば、それ以上に強い力が加えられて私たちの体はさらに密着した。

「え、十夜？」

「なあ、陽鞠が好きなヤツって誰？」

こんな状況でされる質問に平然を装って回答するということが、どれだけ難易度の高いことかわかっているのだろうか。

せわしなく動く心臓のせいで息が苦しくなってくる。

「ひ、秘密だよ」

「俺にだけ教えてよ。協力するって話だったし」

このあとの対応がわからない。

十夜が好きだということは口が避けても言えないし、頭がパンクしてしまいそう。

好きな人と恋バナなんてすると、こんなにも心が締めつけられるのか……。

十夜の好きな人を知ってしまったら、それこそ私は立ち上がれない。

「十夜がよく知ってる子だよ」

だから同じ返答をして、この場をやりすごすことにした。

私たちの距離はきっとこれ以上縮まらないし、縮めてはならないのだと思う。

「俺、負けないから」

「私も十夜のおまんじゅうに負けないくらいおいしいケーキ作る」

「そういう意味じゃなくて。ま、いいや」

ようやく離れた体は寂しさと安堵を覚えた。

もう少し、このままで。

そう願うと同時に私の部屋に三回のノック音が響き、その人物を招き入れた。

「あら、お邪魔だったかしら？」

「盗み聞きしてたのかよ母さん」

「ママは陽鞠ちゃんにお裾分けを持ってきただけよ」

おばさんは満面の笑みをこぼしながら、少し声のボリュームを抑えて十夜に耳打ちをする。

「大事な子が取られちゃいそうなのに、負けてらんないわよねー?」

でも、それはハッキリ私の耳にも聞こえた。

三角関係というやつなのだろうか。

十夜もそんな女の子を好きになるだなんてチャレンジャーである。

「十夜の恋は波乱なんだね」

「はー? これだから洋菓子店の娘はお話にならないんだ」

「言ったなー! 和菓子店の息子にだけは言われたくない」

この言い争いが心の底から楽しいと思う。

幸せだと思う。

「やっぱり私たちはライバルがお似合いだね」

ライバルという言葉で恋心を隠した。

自然とこぼれた笑顔に偽りはなくて、ライバルでいられるようにケーキ作りに勤しもうという思いが心に溢れている。

それなのに、十夜の表情はどこか寂しげで、笑顔を引き出すにはどうすればよかったのかと自問自答するけれど、答えを導き出せないうちにおばさんに声をかけられた。

「はい、陽鞠ちゃんお裾分け」

「わーい！　おまんじゅう、と落雁も入ってる！」

「陽鞠ちゃんに託すわね、その落雁」

「え？」

「パパのためにお願い」

言葉を濁すだけ濁して、おばさんは階段を下りていってしまった。

そして、二人きりになった部屋は静寂を取り戻す。

落雁を託された意味が理解できなくて、隣にいる十夜に助けを求めた。

「おじさんどうかしたの？」

「前に言ったと思うけど、陽鞠のおじさんのプリンが食いたくて鬱になりかけてる」

「え？」

「父さんもまだ受け入れられてないんだと思う。陽鞠にお裾分けすんのもさ、もしかしたら明日はパティスリー春川からお裾分け来るんじゃないかって思いたくてやってるんだよ、たぶん」

香月が宅配を始めたのは、私の両親の分も頑張ろうという意思の表れなのだと十夜は言った。

信頼関係の深かった春川と香月。

突然の別れを受け入れられていないのは、子どもの私たちだけではなく周囲の大人も同じであるということ。

その悲しみを、おじさんたちはお店を忙しくして自分を奮い立たせることで今日まで誤魔化し続けてきたのかもしれない。

「十夜、今日は何時に帰る?」

「朝まで付き合うよ」

「そうこなくっちゃ!」

思い出のプリンを、おじさんのためにも再現したい。

お父さんたちは、ちゃんといるよって伝えたい。

パティスリー春川の跡継ぎの私にできることは、香月と張り合う洋菓子店を作るとかそんな遠い未来の話ではないんだ。

おじさんを笑顔にできるプリンを作ること。

手を伸ばせば届く未来を見据えて行動すること。

「春川と香月のタッグであっと言わせようね!」

「おう。陽鞠、ありがとな」

グシャグシャと髪を撫でてくれる十夜の手が大好きで、私は猫のように目を細めて笑った。

声をかけられるとうれしい。触れられるとうれしい。

十夜を幸せにしたい。

私の時間軸は十夜を基準に回っていて、十夜のために何かをしてあげたいという気持ちが原動力になっている。

十夜が白黒の喪の色に支配された世界から連れ出してくれた時の感謝の気持ちも早く伝えたいけれど、言いたいことが多すぎて、それをまだうまく言葉にして伝えられていない。


「卵はもっと潰すようにしないと」

「厨房に入ったことないのに詳しいな」

「お休みの日は一緒にお菓子作りしてたから」

鼻歌まじりで過去のことを思い出しているだなんて信じられないけれど、少しずつあの日を受け入れて進もうとしているのだと思う。

十夜はどうなのだろう。

私のために一生懸命動いてくれた十夜は、あの日のことを受け入れられたのかな。

私のえくぼが戻ったら受け入れられそうだと言っていたけれど……。

「十夜は大丈夫？」

「何が？」

「あの日の、こと……」

「陽鞠が笑ってくれるから俺も笑える。それが答えだ」

私が最初に思っていたことと同じ。

十夜の笑顔が見たいから私も笑う。

笑顔の連鎖は幸せを運んでくれるのだと信じたい。

「プリンのザラザラした食感が再現できれば完璧なんだけどな」

砂糖を少し粗くした状態で卵に混ぜて蒸してみたけれど、やはりその食感は再現できない。

もう一週間ほど試作し続けているけれど、物事は簡単には運ばないようで私たちは頭を悩ませていた。

「うーん」

「陽鞠？」

頭の引き出しを開けて、どこかにあるヒントを必死に検索する。

引っかかる何かがあるのは確か。

思い出せ。思い出せ私。

『パティスリー春川は香月さんあってこそなんだから』

『落雁は、パパが陽鞠ちゃんのお父さんに渡してた賄賂みたいなものだから』

お母さんとおばさんの言葉が突然リンクした。

言葉の意味がつながったかもしれない。

「ねぇ、落雁って削れるかな？」

「砂糖みたく細かくは無理だと思うけど……って、それか？」

「かも！」

春川も香月もライバルでいながらも互いに尊敬し合っていた。

きっと、対立心から生まれたものは共存。

口を尖らせながら商品の文句を言いつつも認め合っていた両家。

この関係を少しでも良好なものにしようという思いがあったのだと思う。

導き出したものは香月の落雁を使ったプリン。

一緒に何かを生み出したいという気持ちで作られたプリンは、お父さんとおじさんの思い出の味で、最高傑作。

賄賂だという落雁はプリンの材料の一部で、それを春川家に渡す代わりにプリンをお裾分けしてくれというおじさんの思いがあったのだろう。

本当に男たちは素直じゃない。

共同商品がうちの人気商品に入っていただなんて驚きを隠せないけれど、とてもうれしく思う。

「陽鞠んちのプリンは生クリームも入れるんだな。どうりでうまく味が引き出せないわけだ」

「濃厚になるからオススメだよ。十夜はケーキもプリンも試作してたんだね」

「まあな。結局、陽鞠にはケーキで満足させてやれてないけど」

そんなことはない。

いびつだけれど愛のこもったケーキを毎日作り続けてくれて、私はとてもうれしかった。

「おまんじゅうの中に隠れてるショートケーキの味もわかったから、今度またケーキ作ってほしい」

「言われなくても。和菓子職人の息子の腕前を見せてやる」

「香月さんちの十夜くんは頼もしいですね」

「はいはい。出ましたおじさん降臨」

他愛ない会話をしながら完成したプリンは艶やかで、ほのかに香るバニラビーンズとカラメルソースの香りが鼻腔をくすぐった。

見た目はパティスリー春川のプリンとそっくりだけれど、大事な食感まではわからない。

互いにスプーンでそれを一口すくって口内へ運ぶと同時に、目を丸くして瞬きを繰り返す。

『できた！』

あのザラザラとした食感が確かにある。

濃厚でおいしい思い出のプリンが再び甦った。

「冷えてないけど、今すぐおじさんに食べてもらおう！」

思い立ったが吉日ではないけれど、私たちは秘密基地で宝物を発見したかのような高揚ぶりでおじさんが待つ家へ走った。


時刻は午後八時。

ちょうど店仕舞いをしていたおじさんとおばさんを大声で引き止めると、お叱りの言葉が飛んできた。

「こら十夜、いつまでサボっとんのだ」

「父さんに食ってもらいたいもんがある」

「ゲテモノまんじゅうはいらんぞ」

「だから俺のまんじゅうはゲテモノじゃねぇし」

私のゲテモノまんじゅう発言をおじさんも気に入ってくれていて、こうやって十夜をからかうのも日課だ。

先ほど完成したプリンを差し出すと、おじさんの瞳は揺れた。

「俺はアイツのプリン以外は食わん」

「これ、陽鞠のおじさんが作ったプリンだよ」

「バカなこと言ってないで片づけ手伝え。アイツはもう、死んだんだ」

揺れる声。こぼれそうになる涙を隠した背中は丸まっていて、悲しみに溺れているのがわかった。

「おじさん、お父さんが作ったプリン、頑張って作ってみたの」

「……陽鞠ちゃん」

「私、パティスリー春川を継げるほどの腕前じゃないけど、またおじさんたちとライバルになれるように頑張りたい。だから、その橋渡しとして、このプリンはどうしてもおじさんに食べてもらいたいんです！」

おじさんの時間も、あの瞬間で止まったままなんだ。

そこから救い出せるのは、きっと思い出の味しかないと思うから。

「わかった。陽鞠ちゃんの願いを断ったらアイツに怒られそうだしな」

そう言って十夜からプリンの容器を受け取った。

ごくりと喉を鳴らして思い出の味であろうプリンを一口頬張るおじさんは、無言のままモグモグと口を動かすと、再びプリンをすくって口内へ運ぶ。

きらりと頬を伝う光は、とてもきれいで拭ってはいけないものなのだと思った。

だって、おじさんはとても幸せそうに笑顔をこぼしながら泣いているから。

「うまい……うまい……アイツの」

ぽろぽろとこぼれる涙は連鎖して、私と十夜、それにおばさんももらい泣きしてしまった。

みんなにとって、私の両親はかけがえのない存在だった。

一緒にお店を経営するのが当たり前で、張り合いを見せるのも当たり前で。

その居心地のよさに浸り続けていたいと思っていたのに、突然奪われてしまった命と時間。

私たちはそこから抜け出せずに、ずっと暗闇で光を探していた。

長いトンネルを抜けるために、私たちはこうして光を見出だそうとしていたんだ。

「おじさん、おばさん。パティスリー春川のライバルでいてくれてありがとうございました」

うれしかった。

両親の死を、ここまで悼《いた》んでくれるライバルに出逢えたこと。

両親の死を分かち合い、受け入れようと一緒にもがいてくれていたこと。

突然だったけれど、パティスリー春川は幸せな閉業を迎えることができたと思う。

「陽鞠ちゃん、バカ言っちゃいけないよ」

「え？」

「アイツらの遺志を継ぐのは陽鞠ちゃんなんだ。だから、これからもライバルでいさせてくれ」

「っ……はい！」

商店街に響く嗚咽。

軒先から心配して顔を出す商店街のメンバーはパタパタと駆け寄ってきて、私たちを囲み始める。

「アイツらの……パティスリー春川の分も……しっかり生きねぇとな」

堰を切ったように泣き崩れるおじさんが引き金になり、あの日から笑顔を取り繕っていた商店街のメンバーは大粒の涙を流して抱き合った。

みんな受け入れようと努力していた。

ずっと暗闇をさ迷って、やっと辿りついた光。

「みんなで生きよう」

ひとりなんかじゃない。

隣を見れば、必ず誰かがいてくれる。

同じ歩幅で歩くみんなと生きよう。

その一歩を、私たちはようやく踏み出せる時が来た。

おじさんたちは家に戻り、私たちはプリンの成功を祝うため商店街に残っていた。

和菓子処香月の店先に置いてある長ベンチに座りながら、ほっと胸を撫でおろす。

「陽鞠ありがとな。父さんもすげぇ喜んでた」

「ううん。私こそありがとう」

お父さんとおじさんの思い出のプリンを再現できたのは、私だけの力ではなくて十夜とおばさんの強い思いがあってこそだと思う。

思いがつないだ奇跡は、またこうして誰かを笑顔にした。

誰かのためを思って何かをすることは、こんなにもくすぐったくて、こんなにも温かい気持ちにさせてくれる。

「このプリン、香月で売ってもらえるかな？」

「父さんの好物だし、売る気満々だと思う」

「せっかくだし私がプリン作りたいな、なんて」

冗談まじりで言ったその言葉に、十夜は真剣なまなざしを向けてきた。

陽鞠がうちでプリンを売るなんて十年早い、そんなことを言われると思っていたけれど、それとは違う言葉が紡がれる。

「俺も陽鞠となら香月を繁盛させられると思う」

そう言われて俯いた。

ワガママを言えるのなら、私も香月の力になりたい。

でも、パティスリー春川が閉業してしまった以上、私は幼なじみという位置でしか十夜と関われない。

十夜と香月を継ぐのは私ではなくて、十夜が好きな女の子。

おばさんとおじさんも香月を継いでくれるお嫁さんに愛情を注ぎ、部外者の私は頬を濡らしながらそれを見守るだけ。

頭でどんなに言い聞かせても心はそれを認めたくないようで、荒波が押し寄せてきたように心臓がうるさくなる。

叶わない恋の叶え方をいくら探しても見つからないのに、どうしたら十夜との関係をつないでいられるかを考えてしまうんだ。

「やっぱり私は洋菓子店の娘だからやめとくね」

「もうそういう考えやめない？」

「プリンを上手に作ってくれるお嫁さんのほうが絶対いいよ」

本心を嘘で塗り潰して言い聞かせる。

十夜の隣にいる女の子がずっと私だったらいいのに……届かない想いを膝の上で

きゅっと握り拳に込めた。

　すると、十夜は俯く私の顔を真顔で覗き込んできて、心臓が止まるような質問をしてくるのだ。

「なあ、陽鞠の好きなヤツって誰？」

「またその話？」

「また、って大事なことだし」

　空気が読めないのか、同じ言葉ばかりを繰り返して聞いてくる。

　好きな人の話題が今どれほど禁句ワードかわかっていないらしい。

「そいつのことまだ好きなのか？」

「もうしつこい。好きだよ、大好き」

「ムカつく」

「なんで？」

「知らん」

　突然拗ね始めた十夜は、いじけた子どものようにそっぽを向き始めた。

　高校一年生になってもこの様子では先が思いやられる。

　むしろ拗ねたいのは私のほうで、いっそ十夜の好きな人を聞き出してやろうかと思うと同時に十夜が再び私を見つめてきた。

吸い込まれそうなほどまっすぐな瞳に捉えられ、思わず背筋が伸びてしまう。

「明日、陽鞠に言いたいことがある」

「え？」

「秘密にしておけなくなったから」

「何を？」

「それはまた明日な」

それだけ言うと、十夜は逃げるように踵《きびす》を返して家に戻っていった。

あまりにも突然すぎて、私だけがベンチに取り残されたまま呆然としている。

また明日。

その言葉が妙に心に突っかかるのはなぜだろう。

それがなんなのかはわからないけれど、嫌な予感がした。

漠然とした不安は当たるもの。

その意味を聞かずに先延ばしをしたせいで、動き出したはずの時間が一瞬にして動きを止めてしまうだなんて思いもしなかった。

もうその時間を動かすことは、できないのかもしれない。

最終章 おかえり、ライバル

命の行方

「十夜が話したいことがあるって」

「告白？」

「違うと思う」

モチコに相談したところで十夜が何を話したいのかを知ることができないのに、このざわめく心情を共有したくてホームルーム直後の教室内で声を細めて会話をする。

「モチコもオージと離れて寂しいよね」

「私よりイトケンのほうが寂しがってるかな」

「男の友情ってやつ？」

「ううん。しおりんに会う口実がなくなっちゃうから」

思わず笑いをこぼしてしまった。

イトケンの冷静さは愛情の裏返し。

しおりん先生に会うための口実もあるかもしれないけれど、きっと誰よりもオージの帰りを待っているのはイトケンだと思う。

カフェでメロンのショートケーキを注文したのも、オージが生きることを諦めないようにするためだと言っていた。

渡米して離れてしまったから、傍らで励ますこともできなくなってしまって寂しがっているのかもしれない。

「モチコ、なに俺の悪口言ってんの」

「げっ、イトケン」

「悪さしないように見張っとけってオージに言われてるんだから俺」

モチコの頭にかわいらしく結われたお団子を鞠《まり》のように手のひらでポンポンと叩くイトケンは、やっぱりお母さんのような役割を担っている。

大人っぽいイトケンだからこそ、歳上のしおりん先生を好きになったのだろうな。

みんな、一途に誰かを想っている。

全部がいい方向に行けば世界は幸せに満ち溢れるのに、裏切り者の神様はきっとそんな融通の利いた運命をもたらしてはくれない。

私は、それを身をもって経験している。

「陽鞠、帰ろ」

「う、うん」

昨日言っていた〝明日〟はもう半日以上が過ぎ、橙色の陽が空を飲み込もうとしていた。

あの漠然とした不安は、まだ胸に突っかかっている。

それは十夜の言いたいことが私にとってマイナスなことかもしれないという不安から来ているものならいいけれど、それとは違う何かが私の心に張りついているような気がした。


電車に揺られる間、めずらしく会話が続かなかった。

お互いに車窓から見える景色をただ目で追うだけ。

同じものを見ているはずなのに、まるで違う世界を見ているみたいに無言の時間が流れている。

「陽鞠」

「はい！」

「なに緊張してんの？」

「え、あ……」

むしろなぜ十夜は、そんなに冷静なんですかと心の中で呟いた。

私に隠している秘密。

もしかして、もう好きな女の子と結ばれてその報告とかだったりするのだろうか。

居心地のよかったこのポジションを奪われてしまう時が、ついに来てしまうのかもしれない。

「帰ったら渡したいものがあるんだ」

「渡したいもの？」

「陽鞠がうれし泣きするのに一票」

「えー、何それ」

平然を装ってみるけれど、マイナスなことしか思い浮かばない。

ライバルと幼なじみを解消する手切れ金とか。

はぁ、と肩を落としてため息をつく。

「そういえば、陽鞠も俺に何か言いたいことあったんだろ？」

「十夜の秘密を聞いたら言おうかな」

「ふーん。ま、期待せずに待ってる」

なまった体の筋を伸ばすかのように両腕を高く上げる十夜は、その後あくびをひとつした。

「寝不足？」

「試作品を考えてて」

「ゲテモノまんじゅう？」

「おい」

「あはは」

この時間がずっと続けばいいのに。

でも、永遠なんてないことは両親の死で思い知った。

呆気なく崩れ去る日常。

それを誰しもが隣り合わせで過ごしている。

だからこそ今、十夜への感謝と想いを伝えないとダメな気がして、私は深呼吸をひとつした。

「あのね十夜、私……」

「俺が先」

「え?」

「俺が言いたいこと言うまで陽鞠は待って」

「でも……」

「ついたぞ」

このタイミングの悪い時に最寄り駅についてしまった。

言えずじまいの心は、そのまま電車に乗って終着駅にでも行ってしまいそうである。

改札を抜け、通い慣れた商店街のゲートをくぐれば、もう家につく。

十夜の渡したいものが気になって、横目で何度も視線を送っていると額を指で爪弾かれた。

「った！」

「落ちつきなさすぎ」

「十夜が昨日からもったいぶるから」

鈍い痛みの残る額をこすりながら口を尖らせていると、十夜のおばさんが申し訳なさそうにかけてきて眼前で両手を合わせ頭を下げてきた。

こういう時は、だいたいお店関係のことだ。

「十夜、帰ってきて早々に悪いんだけど、隣駅にある美容院におまんじゅう届けてきてくれる？」

「えー、俺、今日は手伝えないって言ったじゃん」

「その一軒だけでいいから、ね？」

ムスッと頬を膨らませる十夜は、なかなかおばさんに視線を送らない。

このあと特別な予定でもあるのかもしれないけれど、香月のためを思うなら仕事を引き受けないと。

「行ってきてあげなよ」

「陽鞠まで乗っかるなって」

「十夜が帰ってくるまで待ってるから。渡したいものあるんでしょ？」

「はいはい、マッハで行ってきますよ」

渋々承諾した十夜に、おまんじゅうが入った紙袋をおばさんが手渡した。

これも宅配が始まってからは見慣れた光景。

自転車のサドルにまたがって、ペダルに右足をかける十夜に手を振る。

でも、なんだか今日は心がそれをしたがらない。

心に何か引っかかるものがあるけれど、漠然としすぎていて十夜を引き止める理由には至らなかった。

「じゃあ帰ってきたら陽鞠に渡すから」

「うん、待ってるね」

「おう。行ってくる」

「行ってらっしゃい」

最後に撫でられた私の猫っ毛。

すぐに離れていく手を掴んでおくべきだった。

遠くなる背中を見つめることしかしなかった私は、再び神様の暇潰しに選ばれてしまった。

隣駅までは自転車で十五分ほど。

おまんじゅうを届けて長話をしているにしても帰りが遅すぎる。

自転車が戻ってくる気配もまるでない。

十夜を見送ってからすでに二時間近く経過していて、焦燥感に苛《さいな》まれた私は足を走らせていた。

必ず通るであろう大通りの交差点。

夕方になると交通量は増え、夜になるとトラックの交通量が倍以上に多くなる。

途中で事故にでも遭ったのではないか。

過呼吸とはずいぶんと関わっていなかったけれど、ここへ来て不安に押し潰されそうになっている。

十夜……十夜……。

「あれ、陽鞠じゃん」

「と、十夜！」

「悪い遅くなった」

「遅すぎる！」

横断歩道の向こう側。

自転車にまたがって、いつもの笑顔をこぼしている十夜が右手を振っている。

生きていた……また会えた。

「待ちくたびれたんですけど」

「悪かったって。信号青になったらそっち渡るから待ってて」

姿を確認し不安が一気に引いて安堵しようとした瞬間、それは起こってしまった。

――キキキキーッ！

そのブレーキ音とともに時を進めていたはずの秒針音が、一瞬にしてかき消される。

それは、法定速度をはるかに超えて走行していたトラックが左折をしようと急ブレーキを踏んだ音。

明らかに重量オーバーであろう積み荷を載せたトラックは、そのままバランスを崩した。

次の瞬間、私と十夜の間を引き裂くかのようにそのトラックは横転し、十夜を巻き込んだのである。

同時に聞こえたのは、私の後ろにいた女の人の甲高い悲鳴。

それよりもひどい衝撃音が鼓膜を刺激する。

おかしいな。

横断歩道の信号は赤。道路も赤く染まっていく。

夕陽の色は赤だっけ。

そう思って見上げる空にはキラキラと瞬く星が無数に見える。

だったら、目の前のこの赤い色はいったい……。

「男の子が轢かれたぞ！」

横転したトラックの傍らには変型した自転車。

見覚えのある制服を着た男の子は動かない。

「と、お……や？」

ぴくりとも動かない指は赤く染まっている。

あの日の光景が再びフラッシュバックする。

ねぇ、これは夢かな。

ねぇ、私は今どこにいるの。

震える足で前へ進む私を引き止めたのは、見知らぬスーツを着た男性だった。

「君、近づいたら危ないよ！」

「離して！　十夜……十夜！」

「今、救急車を呼んだから落ちつきなさい」

救急車ってなんだろう。

一定のリズムで赤い色を放ち、一定のリズムで不快なサイレンを鳴らす乗り物のことを言っているのだろうかこの人は。

あれは、ダメなんだ。

あれは、あの世へ連れていってしまう悪魔の乗り物なの。

苦しい。私はまた吸気量が多くなっている。

周囲の声が水中にいるかのように屈折して聞こえる。

次第に目の前にいる十夜の姿が白い霧に包まれて、私はそのまま意識を失った。

その直前、かすかに聞こえる救急車のサイレンが私の時間を止めてしまったんだ。


はっ、と目覚めると、見慣れない白い天井が映った。

無数のカモメが飛んでいるその天井から視線を滑らせていくと、点滴棒が見えた。

そこに下げられている輸液袋からつながっているルートを辿ると、その先には私の左前腕。

鼻をすってみると、嗅ぎ慣れない薬品の匂い。

保健室にしては広いし見慣れない機械が並んでいるから、きっと別の場所。

「陽鞠ちゃん！」

まだ慣れない視界に飛び込んできたのは、おばあちゃんとおじいちゃんの、不安に押し潰されそうな表情だった。

「私……」

「昨日、倒れて病院に運ばれたんじゃよ」

おばあちゃんは説明しながら枕元にあるナースコールを押した。

孫が目を覚ました、そんなことをマイク越しに言った気がする。

それからすぐに足音が聞こえて、白衣を着たお医者さんや看護師さんが私の容態確認をし始めた。

今は西暦何年くらいなのだろうか。

それが頓珍漢《とんちんかん》な発想だということにも気づけないほど、私の脳は働いていなかった。

「……十夜は？」

そうだ。

私は十夜に渡したいものがあると言われて帰りを待っていたはずで、病院にいる理由が思い浮かばない。

「陽鞠ちゃん……十夜くんは……」

視線を外して下唇を噛むおばあちゃんを見て、唇が震え始めた。

血が通っていないのでは、と思うくらい指先が冷えていく。

「おばあちゃん、私、十夜に会いたい」

重たい体を起こそうとすれば、それはすぐに制止された。

「陽鞠ちゃん、落ちついて聞くんだよ」

「嫌、聞かない」

その声色は、いいことを告げない。

その瞳は、私に残酷な事実しか伝えない。

「十夜くんは今、ＩＣＵ《アイシーユー》にいて、まだ意識が戻らないんじゃ」

「ＩＣＵ？」

「集中治療室と言って命の危ない人がいる場所じゃよ」

不思議と涙は出なかった。

だって、これは悪い夢だから。痛みのあるリアルな夢なんだ。

「私、十夜と約束があるからもう行くね」

おばあちゃんの言葉を無視して再び体を起こそうとすれば、今度は病室の扉が開いて遮られた。

そこには瞼を腫らした十夜のお母さんの姿がある。

「おば、さん？」

「陽鞠ちゃん……っ」

私に抱きつくおばさんの体は震えていた。

私の肩が冷たくなっていくのは、おばさんが流す涙のせい。

「おばさん、私、十夜と約束があって」

「ごめんね……ごめんね……私が宅配を無理に頼んだせいで」

「なに言ってるんですか？」

「十夜が事故に遭ったのはママのせいだわ」

やめてよ、おばさん。

私がそれを否定することくらいわかっているはずなのに、そんな現実を突きつけてくるような残酷なことを言わないでよ。

あの時、十夜はいつもみたいに笑っていた。

あの時、私の名前を呼んで笑ってくれたんだ。

「おばさん……っ」

なのに、どうして。

私の視界はみるみるうちに歪んでいって温かいものが頬を伝う。

「十夜、死んじゃうの？」

「っ……」

「ねぇ、おばさん。私がいるからお父さんもお母さんも、十夜も……」

「ごめんね……」

神様は意地悪だ。

せっかく一歩を踏み出せたのに、また同じことをするんだもの。

人の命を奪おうとする神様なんて、悪魔の化身にすぎない。

嗚咽する私のもとに、今度は十夜のお父さんがやってきた。

その表情はとても暗い。

みんなで笑顔を取り戻したはずなのに、また逆戻りしている。

こんなの、ちっとも望んでいなかったのに。

「おじさん……」

「陽鞠ちゃん、これ。十夜が陽鞠ちゃんに渡すんだって息巻いてたやつなんだ」

そう言って手渡されたのは白い箱だった。

パティスリー春川でもお持ち帰り用に使っていたケーキを入れる箱。

「昨日、朝早くから作って、帰ってきたら陽鞠ちゃんに渡すって言ってて。おじさんからの手渡しでごめんな」

無中でその箱を開けると、中にはいちごのショートケーキがひとつ入っていた。

でも、たんなるいちごのショートケーキではない。

最上部に飾られているのは、十夜特製のおまんじゅう。

いびつすぎるそのケーキには、十夜の愛が詰まっていた。

私に渡したいと言っていたものは、間違いなくこれなのだと思う。

看護師さんに了承を得ていないけれど、私は迷いなくそのケーキをフォークですくい口内へ運んだ。

「っ……」

わかる。ケーキの味がわかる。

あんなにわからなかったケーキの味が私に潤いを与えてくれる。

そのきっかけを与えてくれたのは十夜なのに。

次に最上部のおまんじゅうを手に取り、それを一口で頬張った。

これは、この間、十夜が作ってくれたおまんじゅうだ。

ショートケーキをおまんじゅうで包んだ斬新なおまんじゅう。

モグモグと噛んでいると何やら舌触りに違和感を覚え、指でそれに触れると長細い紙を引っ張ることができた。

そこに書かれている十夜からのメッセージは、私に涙の雨を降らせる。

「っ……うっ、とお……や」

いつだってまっすぐで。

いつだって私想いで。

どうして私はもっと早くに気持ちを届けなかったのだろう。

『陽鞠が好きだ。誰よりも好きだ』

紙に書かれた愛のメッセージ。

バカ。

涙で歪んで読めないよ。

バカ。

そういうのは面と向かって言うものだよ。

バカ。

「どうして……いなくなっちゃうの」

好きなの。私も好きなの。

十夜のこと、誰よりも。

あの時の感謝の気持ちだって伝えられていないのに、私はどうやって生きていけばいいのか教えてほしい。

「隣で生きようって……約束したのに」

意識の戻らない十夜に気持ちを伝える術がない。

十夜の気持ちに返事をしてあげることもできない。

時間には限りがあると気づいていたはずなのに、言いたいことを先延ばしにしてしまった罰。

私は、また真っ暗闇に閉じ込められてしまった。

一途な恋のその先に

それから一週間。

十夜はまだ意識が戻らずにいる。

事故による外傷性《がいしょうせい》くも膜下出血《まっかしゅっけつ》、脳挫傷《のうざしょう》に右手首の骨折。

一時的に人工呼吸器を装着したけれど、今は容態も安定し自発呼吸も可能になったため一般病棟へ移ることができた。

「んじゃ、また来るからな」

B組のみんなは、毎日交代で十夜のお見舞いに来てくれている。

話しかけに応えてくれることはないけれど、きっと面会に来てくれていることは理解していると信じたい。

面会者が退室し十夜と二人きりになった病室には、心電図モニターから聞こえる心拍動のリズムと酸素マスクに流量される空気音だけが響いている。

笑顔でいると決めたのに、二人きりになるとそれは溢れてきてしまう。

何度も十夜の名前を呼んだ。

何度も手を握り、何度も温もりを確かめた。

でも、十夜の瞼は縫いつけられているのではないかと思うくらい動かない。

「十夜、好きなの。だから、早く戻ってきて」

意識が戻らなくても、聴覚だけは研ぎ澄まされると聞いたことがある。

絶対に届いていると信じて、私は声をかけ続けることしかできない。

無機質なアラーム音は規則的にリズムを刻み、まだ十夜が生きていることを知らせてくれる。

それだけが私を安堵へと誘ってくれている。

『俺が最高のケーキを作ってやる！』

あの時から言い続けてくれた誓いを、十夜は守り抜いてくれた。

あんなにも愛に溢れたケーキを作ってくれるとは思わなかったよ。

まんじゅうオタクが試行錯誤したケーキは、私が大好きだったショートケーキとおまんじゅうを融合させたもの。

お父さんとおじさんの思い出プリンと同様に、春川と香月のいい部分を生かした最高のケーキだったんだ。

「ねぇ、十夜。私、まだ十夜に告白の返事を言えてないよ」

聞こえているかな。

届いているかな。

どこかから見てくれているかな。

「十夜の隣で生きるって約束したよね」

流れ落ちる光は十夜の腕に弾かれる。

どうして、何も言ってくれないの。

どうして、目を開けてくれないの。

「とおや……っ」

どれだけ泣き腫らしたかわからない瞼は、何かを含んでいるかのように重たい。

病室にかかっている時計はチクタクと時を刻んでいるのに、私の時間は錆《さび》ついているみたいに進まない。

十夜のいない世界なんて真っ暗で、せっかく戻ったえくぼだってきっと今はどんなに頑張っても出ない。

面会を終えて家に帰っても、十夜のことで頭がいっぱいだった。

ドタドタと階段を駆け上がってくる足音が聞こえるはず。

いつものように「陽鞠、試作品食って！」と自分の部屋のように足を踏み入れて居座ってくれるはず。

十夜のすべてが私の一部になっている。

ゲテモノまんじゅうを毎日楽しみに待っているけれど、それが運ばれてくることはない。

もう三途の川の畔《ほとり》にいたりするのだろうか。

考えたくもない発想は止まらない。

あの時みたいに閉じこもりたいのに、閉じこもる殻がない。

だって、その殻を破ったのは十夜で、その殻の代わりになってくれたのも十夜なのだから……。

私はあと幾度、この枕を濡らして夜を明かせばいいのだろう。


「オージも移植後、順調みたいだよ」

モチコのうれしそうな表情を見ると少し安心する。

十夜が事故に遭ったのと同じ頃、オージに待望のドナーが現れた。

拒絶反応もなく、今は感染症を起こさないよう循環動態《じゅんかんどうたい》の把握をしているらしい。

とりあえずは元気だという話だ。

「本当によかった。早くオージにも会いたいな」

「オージにも十夜くんのこと伝えてあるから」

「……うん」

「大丈夫だって！　オージを待ってるってみんなで約束したんだから。十夜くんは約束を破ったりしないよ」

　オージの移植手術が成功してこんなにもうれしいのに、心の底に沈殿した不安がその足を引っ張っている。

　このまま意識が戻らずに永遠の別れになってしまったらどうしよう。

　心の中の十夜は、笑顔で明るくてまっすぐに生きている。

　それでいいと結論づけてしまうのはまだ早い気がして、揺れる瞳を隠そうと俯いた時だった。

「陽鞠ちゃん、これ香月くんに渡しておいて」

「委員長？」

　手渡されたのは、おまんじゅうリストと書かれたファイルだった。

　枚数にして三十一枚の用紙には〝黒糖まんじゅう〟や〝水まんじゅう〟などのタイトルの下に、それを記したクラスメイトたちのメッセージが書き添えられている。

　早く起きないと十夜の席にあんこ塗るぞ、十夜のまんじゅう宅配待ち、などの十夜への熱いメッセージが視界に入った。

「これ、何？」

「香月くんは私たちに毎日心配かけてるんだから、意識が戻ったらここに挙げたおまんじゅうを私たちに作って提供しなさいって意味よ」

「それって」

「起きたら忙しくさせて、事故ったことなんて忘れさせてやりましょ！」

意識が戻らなかったあの日から、もうすぐ二週間がたとうとしている。

いつの間に、こんなサプライズを考えていたのだろう。

B組は全員で三十二人。

私はこれに参加していないし、オージも参加していないから三十一枚なのはおかしいな、と思いながらページを捲《めく》ると「ゲテモノまんじゅう」と書かれているページを見つけた。

その下に書かれたメッセージは代筆だけれど、確かにオージの言葉だった。

『俺は病気に立ち向かってここまで来た。もし十夜が死んだら香月は俺が乗っ取ってやる』

みんなが十夜の帰りを、まだかまだかと待っている。

「あはは、オージなら確かに乗っ取っちゃいそうだ」

「帰国して香月くんがいないってなったら、それこそ大塚くんにどんな文句を言われるか」

両腕で体を包んで震える委員長は少し楽しそうにも見える。

Ｂ組の愛は平等で、それは偽善ではない優しさでできている。

「ありがとう、十夜に喝入れておくね」

「よろしく」

十夜、戻る場所はここにあるよ。

そろそろ瞼を開けて、光に眉をしかめてみてはどうだろう。

私たちは暗闇に長くいすぎているから。


面会へ行く前に十夜の家に寄るのが日課になっている。

十夜が事故に遭ってからも和菓子処香月は大繁盛で、面会に行く時間が限られているから洗濯物などは私が代わりに届けている。

今はおばさんとおじさんの二人だけでお店を切り盛りしていてバタバタしているけれど、忙しい中でも笑顔を絶やさないおばさんたちはプロだと思う。

でも、その笑顔がふとした瞬間に曇る時がある。

お客さんが切れて時間ができた時に、十夜のことを思い出すのだろう。

目頭を押さえて力なくため息をつく姿を何度も見ている。

お店を休まないのは、この悲しみに浸りたくないからだと思う。

十夜のことだけしか考えられなくなると、いつ来るかもわからない別れのことを考えてしまうから。

一度大切な人を喪っている以上、その恐怖から逃れることはできない。

「陽鞠ちゃん、悪いんだけど十夜の部屋掃除お願いしてもいい？」

「入ってもいいんですか？」

「勉強机の上がとくに汚いから片してあげてほしいの」

「わかりました。ピカピカにしてきますね」

十夜の部屋に入るのは久しぶりだ。

掃除といっても、生活感のない部屋は静寂を保っていて汚れは目立たない。

おばさんが言った勉強机の上も、きれいに片づいていて私は首をかしげた。

不思議に思いながら足を進めると、十夜の勉強机の上に一冊の本が置かれていることに気づく。

〝プリンの作り方〟と書かれたその本は、以前本棚に置かれていたものと同じだ。

「これって」

和菓子の本に囲まれて並べられていたプリンの本。

あの時はおじさんのためにプリン作りに励んでいたのだと思っていたけれど、そこに隠したもうひとつの想いがあった。

導かれるようにしてそれを手に取り、表紙を開くと小さなメモ帳が挟まれている。

日付の下には文章が書かれていて、どうやら十夜の日記らしい。

始まりは私の両親が亡くなった日。

「陽鞠が泣いた。えくぼも消えた。俺が全部取り戻す」

男の子らしい雑な字で書かれた短い文章。

そこに隠された十夜からの愛情に視界が歪んでいく。

「陽鞠を笑顔にするのも泣かせるのも、怒らせるのも俺だけって決めた。俺は陽鞠をひとりにしない」

ページを捲るたびに深まっていく、十夜からの愛情に胸の奥が締めつけられた。

私の知らなかった十夜の想いがここに詰まっている。

今までの出来事を文字で振り返りながら、その想いを噛みしめることにした。

「今日の試作品も失敗。陽鞠のえくぼはまだ戻らない」

「陽鞠には笑っててほしいのに、俺のケーキじゃダメかも」

たまに吐かれる弱音もすべて愛おしく思えた。

十夜はあまり自分のことを話さないタイプだったから、心のうちを知れて心がくすぐったい。

「陽鞠に好きな男がいるらしい。終わった。潤かな、イケメンだし」

かわいい一面に、くすっと笑いがこぼれた。

そういえば、そんな話をしていた気がする。

十夜の好きな人はオージだと頓珍漢な回答をして困らせた記憶はまだ新しい。

そのまま読み進めていくと、私にえくぼを戻してくれた試作品のことが書かれているページに辿りついた。

「ケーキだと思うから味がわからないってのもありそう。まんじゅうなら食ってくれるし、隠し味でショートケーキを隠してみようと思う」

これまでも、砂糖の銘柄を変えたりケーキの焼き加減を調整してくれたりしていた。

そんな十夜が最後に出した答えが、おまんじゅうの中にショートケーキを隠すこと。

包まれていたのはショートケーキと十夜の愛情だったんだね。

「陽鞠のえくぼが戻った！　最高にかわいい。決めた、俺は陽鞠に告白する」

十夜が、ここまで私のことを思って頑張ってくれていたことに気づけなかった。

幼なじみとライバルという枠にとらわれていた私とは違う。

こんなにそばにいたのに、十夜の熱すぎる思いに気づけなかった。

「今日陽鞠に告白する。俺らしい告白、届くといいけど」

そこで終わっている日記。

この先も続くはずだった日記。

でも、十夜は想いを届ける前に事故に遭ってしまった。

私があの時、引き止めていればという思いはどうやっても拭えない。

ぽろぽろとこぼれてくる涙は頬を伝ってメモ帳に溶けていく。

届いたよ、十夜の想い。

あの日から膨らんでいた恋心、ちゃんと届いたよ。

おばさんが部屋掃除として十夜の部屋に行くよう促した理由は、これだったらしい。

袖口で涙を拭い急いでお店に下りると、おばさんは笑顔で両手を広げてくれた。

その胸に飛び込む私を、お母さんのように優しく抱きしめ返してくれる。

「十夜がこんなの書いてたなんて知りませんでした」

「男の子って言葉が足りないからね。隠れてこそこそ書いてるの知ってたから、陽鞠ちゃんには読んでもらおうと思って」

「十夜、起きてくれますよね。私の返事、聞いてくれますよね」

でも、おばさんは何も言わずに私を強く抱きしめた。

絶対なんてない。

言葉の威力がどんなにあっても命の線は決まっているから。

期待をさせてそれが叶わなかった時、互いに傷を作ってしまうからおばさんは何も言わないことを選んだのだと思う。

「おばさん、ありがとうございました。十夜の面会に行ってきます」

「私もお店が落ちついたら向かうから、それまで十夜をよろしくね」

「はい」

今の私にできることは少しでも十夜の傍らで声をかけ続けて、帰る場所を示してあげること。

そうすればきっと戻ってきてくれる。

私が十夜の居場所になって一番に〝おかえり〟を言おうと思う。

決意を胸に私は十夜の眠る病室へと向かった。


まだ眠ったままの十夜の隣にイスを移動させて腰かける。

事故の時にできた擦過傷《さっかしょう》もだいぶよくなっているけれど、意識だけはまだ戻らない。

夢の中で苦しんでいたらどうしよう。

トラックが横転する時に見えた十夜の姿を思い出すたび、胸が張り裂けそうになる。

沈んでいく心に喝を入れて、委員長から預かったファイルを眠る十夜に読み聞かせていく。

もちろん返答はない。

心電図モニターの心拍数がわずかに跳ねている気がしたくらいで、いつもと何も変わらない。

「十夜、みんながおまんじゅう待ってるよ」

「……」

「もうすぐ二週間だよ……早くしないと、誰かに取られちゃうかもよ、私が」

反応がないのをいいことに恥ずかしい言葉を紡いでしまった。

取られる相手なんていないし、私が十夜以外を好きになることも一生ないけれど。

ファイルをオーバーテーブルに置いて、十夜の左手に触れた。

温かい手。

またこの手で髪をグシャグシャにしてくれる日は来るのだろうか。

昔よくしていたように指を絡ませてその手を強く握る。

それと同時に、おばさんが病室に入ってきた。

「陽鞠ちゃんいつもありがとうね」

「いえ。香月もお店忙しいし面会なら私に任せてください」

「助かるわ」

私の隣に立って十夜の髪を優しく撫でるおばさんは少し疲弊している。

きっと、おじさんと同様に夜もほとんど寝られていないのだと思う。

「私、お店手伝いますよ」

「いいのよ、陽鞠ちゃんは十夜のそばにいてあげて。それが一番喜ぶと思うから」

そうだとうれしいけれど、十夜の本心を聞くことはできない。

「おばさん、私は十夜とずっとライバルでいたいと思ってました」

「うん？」

「でも、十夜のこと、男の子として好きなんです。ライバルでい続けないといけないのに……」

それは先代から続いている確執だから。

春川と香月はつねにライバル関係で、その関係を壊してはいけないものだと思っていた。

「あら、十夜は最初から陽鞠ちゃんをライバルだと思ってなかったのよ」

「え？」

「俺は陽鞠と結婚するからライバル関係なんて俺の代でぶっ壊してやる、って小さい頃からバカなことをよく言ってた」

「け、結婚？」

「俺のゲテモノまんじゅうを食ってくれるのは陽鞠しかいないから、ってね」

食ってくれるも何も仕方なく完食させられていただけなのに、思わぬ暴露話に口元が緩んだ。

私のことをそういう対象として見ていないとお父さんに言いきっていたくせに、嘘つき男はスヤスヤと気持ちよさそうに眠っている。

「早く起きないと十夜と結婚してあげないから」

べーと舌を出して言う私を見ながら、おばさんはクスクスと肩を揺らして笑った。

これだから女は性格が悪いのだと突っ込まれそうだけれど、むしろそう対抗できるくらい元気になってほしいと強く願う。

そんなことを願った直後のことだった。

「……っ」

それは、一瞬の出来事。

気のせいかもしれない。

思いすごしかもしれない。

でも、確かに感じた。

握っている手にわずかな力が加わったことを、私は見逃さない。

「お、おばさん……」

「どうしたの？」

「十夜が……」

名前を出せば、ぴくっと動く指先。

微動だにしていなかった瞼が瞬きをするかのように動き始め、それは静かに開かれて二週間ぶりの瞳と視線が絡まった。

数回の瞬きをしたあと、十夜は精一杯の力で言葉を紡ごうとしているのがわかり、その唇の動きを凝視する。

「――り」

酸素マスクにこもって聞こえた言葉。

動いた唇は、間違いなく私の名前を呼んだ。

「と……十夜、なの?」

十夜の頭は確かに縦に頷き、力ない笑顔をこぼした。

ぶわっと込み上げてくる感情は、表面張力を保てなくなった水のように溢れ出す。

バクバクと鳴る鼓動。

震える唇。

息の仕方なんてこの際どうでもいい。

「っ……とお、や……」

「ひ、まり」

「うっ……バカ十夜」

「遅く、なって……わりぃな……」

途切れ途切れに聞こえる小さな声。

先ほどよりも強く握られる指先。

「ううん……ううん……おかえり」

嗚咽でどうにかなってしまいそうなほど取り乱す私の隣で、おばさんも大粒の涙をこぼし膝から崩れ落ちるようにして床に腰を下ろした。

心電図モニターが異常値を示したのかアラームが鳴り始め、すぐに看護師さんが飛んできて十夜を確認すると、高揚した口ぶりでピッチを耳に当て主治医を呼び始める。

確かに動く体、確かに感じられる温もり。

意識を取り戻した十夜の瞳に光が宿り始めたのだ。

「っ……十夜……おかえり」

「はは……泣き、虫……ただいま」

それは、二週間目の奇跡だった。

意識が回復した十夜は酸素流量度《りゅうりょうど》も徐々に減っていき、酸素マスクも外れルームエアで入院生活を送れるまでに至った。

話すことにも慣れてきたのか、徐々に日常を取り戻しつつある。

「俺のケーキ食った？」

「もちろん完食です」

「どうだった？」

照れくさそうに視線を外して返事を待つ十夜に、意地悪をしてやろうなんて気にはなれなかった。

「最高のケーキだったよ。十夜の気持ち、ちゃんと受け取った」

「……じゃあ返事は？」

絡み合う視線、絡み合う指先。

そんなの決まっている。

私の答えは、ずっと前からひとつしかないのだから。

「私も十夜が好き。誰よりも」

ライバルで幼なじみで。

この想いを一生伝えることはないと思っていた。

両親が亡くなってライバル関係ではなくなったけれど、この居心地のいい関係を壊したくなくて想いを隠し続けてきた。

でも、生き続けるということはそういうことではないんだ。

小さな歩幅でも一歩ずつ踏み出していくことなのだとみんなに学んだから、そこに偽りはいらない。

「バカ。うれしくてまた倒れそうだ」

ふわっと抱きしめられて、その腕の中に収まった。

優しさでしかできていないこの腕に、私はまた抱きしめられている。

心臓の拍動が伝わってきて、私の心臓も同じ速さでせわしなく動いているのがわかった。

ドキドキして、頬が赤くなっていくこの感覚がとても懐かしい。

「二週間も十夜に会えなくて寂しかった」

「ごめん。信じてもらえないかもしれないけど、陽鞠のおじさんとおばさんに会ってたんだ」

「え？」

「三途の川渡ろうとしたらさ、おじさんが向こうから『陽鞠は香月にやらんって言ったけど、お前にならやる。だから陽鞠を泣かせるな』って叫ばれて。おばさんが必死におじさんを宥《なだ》めてたよ」

ああ、言われただけでその光景を想像できてしまう。

昔から我を忘れて私のことを溺愛していたお父さん。

そんなお父さんを、お母さんが宥めて冷静さを取り戻していたっけ。

両親はあの世でも仲よくやっているのだと思うと、幸せな気持ちになった。

「おじさんたちから陽鞠への伝言を預かってる」

「私に？」

両親が十夜に託した伝言を聞くことに少したためらいがある。

ごめんね、痛かった、そんなことだったらどうしよう。

そう思って両手に握り拳を作った。

「あの日、もうすぐ帰ってくる陽鞠の笑顔を思い浮かべながら仕事してたんだって」

「……うん」

「でも、気づいたらあの世にいて、今もずっと陽鞠の笑顔が頭から離れないらしい」

春川家は、いつも笑顔が絶えず咲いていた。

一日の始まりと終わりは、いつも笑顔だったんだ。

「あの日に言えなかったことがあるから代わりに言ってくれってさ」

「なんて、言ってたの？」

「陽鞠おかえり。二階の冷蔵庫にいちごのショートケーキを入れてあるから食べてね、って」

「っ……」

歪みきった視界は何も映さない。

拭っても拭ってもこぼれてくる涙は、十夜の服の胸元までもをびしょっりと濡らしていく。

それは最期のケーキだった。

味はわからなかったけれど、お皿が輝くくらいきれいに完食した。

でも、大事なことを言っていなかった気がする。

「ただいま……お父さん、お母さん、ケーキご馳走さま」

私は両親の作るケーキがとくに好きだった。

一口食べただけで笑顔になるケーキは、愛情が詰まっていてどんなに辛いことも忘れさせてくれた。

私もお父さんたちみたいに誰かを笑顔にできるものを作れるように勉強するから、どうか見守っていてください。

「オージの移植はどうなったんだ？」

「移植も成功してとりあえず容態は安定してるって。あとはリハビリとかそういうのを終えたら帰国できるみたいだよ」

「そっか。それまでに俺も退院しないとな」

優しい手が私の髪を撫でてくれる。

愛おしそうに触れるこの手を、どんなに待ち望んでいたことだろう。

「B組のみんなも十夜が生還して大喜びだったね」

「いや、あれは俺のまんじゅうを食いたいだけだろ」

「あはは」

おまんじゅうリストの入ったファイルを開いて最初こそ目を丸くしていた十夜だったけれど、ブツブツと文句を言いながらもどれを最初に作るかな、なんて楽しそうにページを捲っていた。

九死に一生を得ても、まんじゅうオタクは健在のようだ。

「でさ、陽鞠」

「何？」

「その……」

こほん、と咳払いをひとつして何度か深呼吸をしている。

抱きしめていた腕を緩めて、私の瞳をじっと見つめてきた。

こうして見つめ合えることがこんなにもうれしい。

「俺、昔からずっと陽鞠が好きなんだ。他の男なんかに絶対渡さないから」

その瞳は真実しか述べていない。

十夜がずっと秘めていた想いに、私は涙をこぼしながらも満面の笑みで答えた。

「はい！」

「やっぱ陽鞠のえくぼは最高だな」

にっときれいな歯列を見せて、十夜は再び私を抱きしめた。

壊れ物を扱うように、そっと。

遠回りをしすぎたけれど、私たちの時間は時を刻み始めていく。

「私、十夜がいなかったら生きてこられなかった」

「大袈裟だって」

「本当だよ。すごく感謝してるの。ずっと言いたかった、ありがとう十夜」

暗闇にいた時間は無駄ではなかった。

喪われた命と時間は戻らないけれど、確かに私たちは同じ時を生きている。

神様の暇潰しは、この幸せに辿りつくためのバネだったのだと……今ならそう思えるから。

「十夜のライバルになれてよかった」

「これから俺たちはライバルであり幼なじみであり、恋人だ」

「なんか恥ずかしい」

「俺も。陽鞠、好きだよ」

「私も十夜が好き」

一途な恋は、止まっていた時間に魔法をかけた。

ライバルでもあり幼なじみだった私たちは、恋人としてようやくその一歩を踏み出し始めたのである。

十夜は高次脳機能障害《こうじのうきのうしょうがい》が懸念されていたけれど、記憶障害などの一過性症状もなく無事に退院した。

苦痛だと言っていたリハビリも乗り越え、少しずつ日常生活を取り戻している。

そして、私たちの日常も少しずつ変わり始めていた。

いつもなら十夜が私の部屋に居座っているけれど、まだ十夜の体調も万全ではないため今は私が十夜の部屋に居座っている。

「俺の日記、読んだだろ？」

「へ？」

「涙、このページに跡《あと》が残ってる」

それは十夜の想いに触れて私がこぼした涙の跡。

決定的な証拠が残っている以上、言い訳はできない。

「おばさんが教えてくれたの」

「俺が生死の境をさ迷ってるっていうのに盗み見とか重罪です」

「ごめんなさい」

開始されたお説教が嫌で俯いた。

久しぶりに会えたのに口ゲンカはしたくないと肩を落とす私の目の前に、日記が差し出された。

そのまま十夜に視線を移すと、わずかに頬を赤く染めた姿がある。

「読むなら最後まで読んで」

その言葉で、最後のページに続きがあることを知った。

日記を手に取りパラパラとページを捲っていく。

そして、涙の跡の残されていないページには新しい文章が追加されていた。

『陽鞠に伝えたいことがあります』

書かれていたのはたったそれだけ。

首をかしげながら視線を上げると、十夜が咳払いをひとつした。

「今から一個まんじゅう作るから手伝って」

「うげー、どうせゲテモノまんじゅうでしょ？」

「いいから。陽鞠ちょっと来て」

両腕を広げて待機する十夜は照れくさそうにしている。

どうしようかためらっていると「早く」と急《せ》かされ、仕方なく腕の中に飛び込んだ。

ぎゅっと抱きしめてくる十夜の体は温かい。

「これが俺特製のまんじゅう」

「どれ？」

「俺がまんじゅうの皮で陽鞠があんこ」

おまんじゅうに例える愛し方も十夜らしくて、くすぐったい気持ちを隠すようにその胸元に顔を埋める。

聞こえるのは確かな鼓動音。

生きている証がそこにある。

すべてを受け止めてくれる十夜の腕の中に、私はあとどれだけいられるのかな。

「意識が戻らない間さ、俺の名前を何度も呼びながら泣いてる陽鞠の声が聞こえた」

「ちゃんと聞こえてた？」

「うん。でも、俺の体は動かなくてこのまま泣かせっぱなしにさせるのかって思ったら悔しくて」

自分の命が危険だというのに、私のことばかりを考えてくれている十夜の愛には敵わない。

「目が覚めて一番に陽鞠を見て、やっぱり俺しか陽鞠を守れないって思ったんだ」

抱きしめる腕に力が入り、応えるように私も抱きしめ返した。

今でもパティスリー春川の甘い香りは覚えているけれど、それとは異なる和菓子店の香りが新しい私の居場所になった。

私の居場所は十夜だけだと、今なら胸を張って言える。

「俺が陽鞠を守るから。おじさんとおばさんの分も」

いつだってまっすぐな十夜は、いつだって私の心を揺さぶり涙を誘う。

枯れない涙をそっと拭うのも、悲しみを笑顔に変えるのも十夜にしかできない特別な魔法。

「幼なじみとしてじゃなくて、今度は男として陽鞠を守る」

かすかに香るあんこの香り。

甘さ控えめの香りなのに、十夜はとびきり甘い。

「辛くなったら、またこうやって特製まんじゅうしてくれる？」

「辛くなくてもするよ」

「ありがとう」

最後にとびきり甘いキスを額に落とされて、自分でも頬が赤くなっていくのがわかった。

お父さんとお母さんも、こんなに甘い恋心を経験してきたのかな。

だから、あんなに甘くて笑顔になる洋菓子を作れていたのかな。

本当はお店を受け継いであげたかったけれど、今の私にはそれをする知識も技術もない。

「陽鞠」

私の気持ちを汲み取ったのか、十夜はその大きな両手で頬を包み込んできた。

「パティスリー春川あっての和菓子処香月だから」

「うん」

「つまり、陽鞠あっての俺ってこと」

ふわっと抱きしめられて、こぼれる涙が十夜の服に滲んでいく。

気持ちを汲み取ってくれるのは、私のことを誰よりも想ってくれているから。

それがうれしくて、十夜の背中に腕を回してすがるように胸元に顔を埋めた。

「ありがとう、十夜」

「どういたしまして」

こうして私は今日も甘さで溢れる十夜に甘やかされている。

進み始めた時間の中で、私たちはこの幸せを噛みしめながら毎日を生きている。


通院しながらの休養期間をへて、十夜は学校へ行くことも可能になった。

久しぶりの登校にクラスメイトも盛り上がり、十夜のまわりには人の群れができている。

事故のことを聞くクラスメイトは誰ひとりとしておらず、みんなおまんじゅうリストの話題で持ちきりだ。

「復活早々大変そうだね、十夜くん」

十夜に視線を送りながらモチコが面白そうに言ってきた。

家で十夜をひとじめしている分、学校では距離が開いても仕方がないとは思うけれど、少し寂しい気持ちはある。

でも、モチコはオージともっと遠い距離で頑張っているわけだし弱音は言ってはいけない気がした。

「オージは順調？」

「元気みたいだよ。もうすぐ帰ってこれるかもとは言ってるけど、具体的な日にちはまだみたいで」

「会えるの楽しみだね」

「うん！」

モチコの恋心も足踏みした状態のまま平行線を辿っている。

未来があるかもわからない自分を恋愛対象に見てほしくなかったオージは、モチコや告白してくる他の女の子と距離を保つよう生きてきたのだと思う。

でも、きっとオージはモチコが好き。

モチコを見る時のまなざしだけが、とても優しかった記憶がある。

「おーい十夜、俺のまんじゅうリクエストまだー？」

「お前ら、まんじゅうのリクエストしすぎなんだよ」

十夜に送られたB組全員からのおまんじゅうリクエストは、まだ全部を作り終えていない。

委員長の言ったとおり、退院後におまんじゅう作りで大忙しになった十夜は今日も催促にあっていた。

「陽鞠も手伝ってよ」

「えー、私おまんじゅうよりケーキ派」

「なに言ってんだよ。陽鞠は香月の人間になるんだからケーキのことは後回し」

「そういうこと学校で言わないでって言ってるのに」

「だって陽鞠は俺の女だから」

想いを伝え合ってからというもの、十夜がケーキのように甘い。

主食が砂糖なのではないかと思うほど愛情表現がストレートだ。

今まで抑えていた反動なのだろうけれど、私はまだこの甘さに慣れていない。

「君たちイチャつくなら二人きりの時にって言わなかった？」

呆れたまなざしと声色で言うのはイトケンだ。

相変わらずクールな男の子。

でも、私はその言葉の真の意味を知っている。

「イトケンは優しいよね」

「イチャイチャが目障りなだけだよ」

「モチコのためだよね？」

「しっ！」

　唇に人差し指を十字にクロスして黙るよう指示するイトケンは、少し動揺していて面白い。

　一途に恋するモチコとオージに幸せになってもらいたくて、イトケンはイチャイチャカップルに冷ややかな視線を送り続けているのだと思う。

「イトケンは、しおりん先生のどこが好きなの？」

「どこって、別に」

「年上好きとか？」

「しおりんは子どもだよ。オージのこととなるとすぐに泣くし、俺がそばにいてやらないとずっと泣いてるから」

　イトケンも同じだ。

　しおりん先生のことを思うと、とても優しいまなざしになる。

　私も十夜に、あんなふうに見られているのだろうか。

　考えるだけで恥ずかしくなった。

きっと、好きという気持ちがみんなの生きる原動力になっている。

誰かを想う気持ちは、周囲にいる人を幸せへと導くのかもしれない。

「聞いてるのか陽鞠?」

「え、何?」

「今日の放課後は俺と勉強会だって言ったろ?」

勉強が苦手な私たち。

そうでなくても十夜はブランクが空いてしまったし、今度ある実力テストが億劫で勉強会をしようという話をしていた。

「そうだったね。じゃあ十夜の家でしようか」

「学校でする」

「でも、お店の手伝いが」

「店より陽鞠との時間を大切にしろって母さんが言うから」

お店は私の祖父母に手伝ってもらえるし気にするな、とのお達しがあったそうだ。

親公認というのも恥ずかしいけれど、放課後デートみたいでうれしくなった。

その日の放課後、みんなが帰宅の途についた教室で私たちは机を隣につけて教科書とにらめっこをしていた。

毎日授業を受けているのだから実力テストなんて必要ないのに、という反抗心を抱きながら問題を解いていく。

「ねぇ、十夜ここの答えわかる？」

「どれ？」

教科書を覗き込む拍子に縮まる距離は、私の鼓動を強く跳ねさせた。

肩がぶつかって十夜の横顔がよく見える。

昔はもっと幼い顔立ちをしていたのに、いつの間に男らしくなったのだろう。

手だって私より大きいし肩幅も広い。

近くにいすぎて成長に気づけなかったけれど、十夜は格好いい。

「はい、できた」

「えっと、これ答えじゃなくて」

私が示した問題の解答欄に記されたのは、正答ではないとすぐにわかった。

そこには〝陽鞠が好き〟と書かれていて頭が混乱し始める。

「他にわからない問題は？」

「え、ここと か」

「オッケー」

すらすらとシャープペンを走らせる十夜に悪気はないらしい。

自信満々でまた同じ言葉を書いている。

もしかして、遅れてきた後遺症の一部なのではと疑ってしまった。

「十夜、大丈夫？」

「何が？」

「おかしいなと思って」

「そりゃおかしくなるよね」

その言葉を理解できずに首をかしげると、十夜の右手が私に伸びてきて髪をいじり始めた。

くるくると指先でいじられる私の猫っ毛は猫じゃらしのように踊る。

「陽鞠と二人きりなんだし、好きって言いたくなる」

ドキドキと高鳴る鼓動はとても速い。

グラウンドから聞こえる部活動の声も、秒針が進む音もすべて鼓動にかき消されていく。

「は、恥ずかしいよ」

「かわいい」

「っ……」

十夜の甘い囁きにどうにかなってしまいそうだ。

私の髪をいじっていた十夜の右手は、そのまま私の左手に重ねられた。

骨太で大きな男らしい手にすっぽりと収まってしまう私の手は、身動きが取れない。

「気持ちは隠すものじゃなくて伝えるものだって気づいたんだ」

「伝えるもの？」

「そ。俺が好きって言えば陽鞠は喜ぶし、俺もうれしくなる」

「そうだね」

「だから、好きだよ陽鞠。この先も誰にも負けないくらい陽鞠が好きだ」

一途な恋の先には、笑顔と幸せと、深い愛が満ち溢れている。

私たちはだいぶ足踏みをしてしまったけれど、大きな一歩を踏み出せた。

「私も誰にも負けないくらい十夜が好き」

苦難を乗り越えて見えたこの景色は何よりも眩しくて、そして何よりも温かい。

確かに待つ未来は、誰かとともに生きるためにある。

新たな夢に向かって

冬の高い空には白い雲が悠々自適に泳ぎ、冷たい空気は両肩に力を加えて身震いを誘う。

高校一年生でいられる時間もあと少しとなった。

三月にある修了式まで残りわずかとなった二月中旬。

授業中にもかかわらず、ガラッと豪快に開けられたB組の教室の前扉に全員の視線が集中した。

一歩踏み入れられた足先から視線を上に送ると、そこには懐かしい人物の姿がある。

ムードメーカーで十夜と同じく甘党のクラスメイト。

待ちに待ったオージの登場に私たちは瞬きを三回繰り返した後、全員がものすごい勢いで起立し両手を天高く上げた。

そして、まるでテストから解放された時のような歓声で、みんなの声は重なったのである。

『おかえり！』

帰国はまだ先で修了式には間に合わないと聞かされていたから、全員が瞳を丸くしながらもその姿に喜びを隠せず舞い上がっていた。

よっ、と片手を挙げるオージはトレードマークの黒いショルダーバッグを持っていない。

身軽なオージ。

それはつまり、心臓移植が無事に成功したということを示している。

モチコとイトケンにも知らされていなかったのか二人が一番ひどい顔で泣きじゃくっていて、私たちは泣くタイミングを見失ってしまった。

「サプライズ大成功！　主役は遅れて登場しないとだろ？」

相変わらずヤンチャなオージは、とてもうれしそうに目を細めて笑う。

背筋を伸ばして胸を張って生きている姿はとても輝いている。

一杯食わされた私たちは悔しがりつつも拍手喝采《かっさい》をし、オージの戻りを祝福した。

すると、それを見守っていた授業担当の先生が低い声を出す。

「こら大塚、遅刻したのに堂々と前から入ってくるんじゃない」

「あ、すんません」

教壇に立つ先生が怪訝な顔をしたかと思えば、それはすぐに笑顔に変わった。

この笑顔の裏に並々ならぬ怒りを隠しているに違いない。

　Ｂ組全員、怒られることを覚悟しながら固唾《かたず》をのんで見守るけれど、それは思いすごしだったようだ。

「よし、この時間は自習にする。みんな思う存分、大塚を祝ってやれ！」

『はーい！』

隠し通すはずだった秘密を共有したことで広がった輪。

みんなの思いはひとつになり、それは未来へ進むための橋渡しとなった。

みんな、この瞬間を生きている。

私たちの時間は、生きるために前を向いている。

ひとりで踏み出すのが怖ければ、みんなで踏み出せばいい。


「体はもう大丈夫なの？」

「通院は必要だけど今のところは。そんなことより野球やろうぜ！」

心臓移植が成功しても万が一ということは十分あり得るだろうから、細心の注意を払いたい。

「野球して体調悪くなったりしない？」

「主治医には激しく動かないならって」

「具合悪くなる前に言うんだよ？」

「オッケー」

オージがずっとやりたいと言っていた野球。

九人も集められないと思っていたあの頃。

今では三十二人が一丸となってそれを楽しんでいる。

相変わらず私は野球のルールを知らないけれど、Ｂ組のみんなと行う野球はとても楽しかった。

グラウンドの砂を靴底が蹴る音や、ピッチャーの投げたボールがキャッチャーのグローブによってその勢いを終息させられる音。

カキーンとバッターのバットに当たってボールが天高く走っていく音。

歓喜に溢れるグラウンドには、太陽の陽射しがスポットライトのようにみんなを照らし出す。

それを受けたみんなの笑顔はとても眩しくて、裏切り者の神様に仕返ししている気分にもなる。

どうだ神様。

私は貴方の暇潰しに打ち勝ったぞ。

そう言ってやりたい気分だ。

終業のチャイムと同時に、自習という名の〝オージおかえり会〟が終わった。

号令とともに先生のまわりに集合し解散の一言を待つけれど、楽しい気持ちのまま終われると思っていた私たちに先生は水を差してきた。

「清々しい気持ちのところ申し訳ないけど、来月に期末テストがあるからちゃんと勉強しとくように。以上、解散」

そして、湧き起こるブーイング。

高校一年最後の期末テストがあることをすっかり忘れていた。

ついこの間、実力テストがあったばかりだというのに。

「どうしよう十夜」

「どうしようって、やるしかないだろ」

「お菓子の問題とか出ないかな？」

「それが出たら俺たちは苦労しません」

「ですよね」


気づけばもうすぐ三月に入る。

このクラスメイトと過ごせる時間も残りわずかとなってしまった。

来年の四月にはクラス替えが待っているし、苦難を乗り越えたクラスメイトとバラバラになることが寂しい。

「オージなら授業受けてなかったし勝てるかも！」

「陽鞠ちゃん、俺入院生活は時間をもて余してたから余裕でいい点取れるよ」

「嘘だ」

「そもそも俺が成績いいの知ってるよね？」

勝ち誇ったように言われて視線を泳がせてしまった。

私と十夜からはため息しか出ない。

お菓子に関しては絶対に満点を取る自信はあるのに、英語に数学に世界史に……なんてキャパオーバーだ。

「えー」

「まんじゅうリストは保留で陽鞠は俺と勉強な？」

「陽鞠だけ春休み補習になりたいなら俺は止めないよ」

「やります」

成績は中の上といたって普通の私たちは、テスト勉強をしなければならない。

オージが成績を保てているのも努力の積み重ねがあってこそ。

泣いても笑っても高校一年のテストもこれで最後だからということで、昼休みはみんなでテスト勉強をすることになった。

「で、お二人さんはどこまでいったのかな？」

渡米して心臓手術をしてきたと思えないくらいオージは元気で、私と十夜の関係をいじってくる。

答えたらそれこそ情報を引き出されそうで、私は黙ってお弁当を食べ進めていた。

「うるさいぞ潤」

「手つないだ？　チューした？」

ませた子どもみたいに絡んでくるオージは若干面倒くさい。

病気が原因で出席日数が足りず留年を懸念されていたオージも、学校側の特別措置により進級することができるらしい。

だからといってこのいじりが許されるわけではないけれど、これがオージの愛嬌《あいきょう》だから許せてしまう部分もある。

「そういう潤はモチコといい感じみたいだな」

「いい感じも何も、モチコは昔からこんなだし」

オージが呆れながら笑いをこぼすと同時に、モチコがオージの腕にぎゅっと抱きついた。

ずっと離れていたからその反動なのだろうけれど、上手に甘えられるモチコはかわいらしい。

「その言葉、聞き飽きましたんで」

オージも面倒くさそうな顔をしてはいるものの、それを拒絶することなく受け入れているから、きっと二人の想いは交わっているのだと思う。

相変わらず遠巻きからオージに熱い視線を注ぐ女子たちは絶えないけれど、モチコの威嚇とオージの無関心によってそれは抑制されている。

「そんなことより早く食べて勉強しよ？」

「陽鞠ちゃんは勉強熱心だね」

恋バナをするのが恥ずかしいからだとは言えず、残ったお弁当のおかずを急いで頬張った。

みんなも昼ごはんを食べ終えて教科書とノートを広げ始めるけれど、オージの関心によって話題は逸れていく。

「俺が十夜にリクエストしたゲテモノまんじゅう、まだ？」

「話を脱線させるなよ」

「十夜のまんじゅうが、どのくらいまずいのか楽しみでさ」

「なに言ってんだか。俺のまんじゅうは世界一だ」

相変わらずの二人は絶好調。

十夜が退院してからはクラスメイトのリクエストまんじゅうに精を出していて、私も久しくゲテモノまんじゅうを食べていない。

ゲテモノまんじゅうが恋しいと思う自分に驚いた。

「そういえば、陽鞠からのまんじゅうリクエストが書いてなかった」

「私はいいよ、昔からいっぱい食べさせてもらってるし」

「最近作ってやれてないから。何がいい？」

改まって何を作ってほしいか聞かれると悩んでしまう。

普通に香月のおまんじゅうが一番おいしいしな、と首をかしげているとオージが子どものように口を尖らせて十夜の肩に腕を回した。

「十夜が陽鞠ちゃんにだけ優しいんですけど？」

「うるさい。潤はもう少し静かにできないのかよ」

「じゃあ、うるさいついでに俺の夢、聞いてくれる？」

にっと白い歯を見せると、デザートのチョコレートケーキを頬張りながら夢を語り始めた。

病気のせいで食べられなかったケーキをモグモグと味わうオージはとても幸せそうで、見ているこっちまで幸せな気持ちになれる。

「俺にも夢が見つかったんだよね」

「どんな夢？」

「ほら、俺って甘いもの好きじゃん？」

「うん？」

「だから、パティシエになろうと思って」

それを聞いた私は思わず隣にいた十夜の両肩に手を置き、これでもかというくらいに揺さぶった。

私は十夜と恋人になって、どちらかといえば和菓子の勉強をするようになった。

パティスリー春川の跡を継ぎたいと切に思っているけれど、ゆくゆくは香月に嫁ぐ身として天敵である洋菓子に力を入れるのは失礼だと思っている。

それもあって、新たなライバル出現に感情が高まってしまった。

「私に手伝えることがあったらいつでも言ってね！」

「お、陽鞠ちゃんが味方だと心強い」

「任せて、なんたって私はパティスリー春川の……」

「こら、陽鞠」

言葉を遮って十夜が私の体を抱き寄せた。

後ろからぎゅっと抱きしめられて驚きのあまり声が裏返る。

「と、十夜!?」

笑った。

「陽鞠は俺のだから」

「私はモノじゃないんですけど」

おまんじゅうを両頬に入れたように頬を膨らませ拗ねてみせると、十夜は小さく笑った。


また私のことを、「子どもだ」とか「これだから洋菓子店の娘は」なんて小言が飛んでくるに決まっている。


でも、イタズラな言葉は飛んでこなかった。

「じゃあ、俺のお嫁さん」

耳元に唇を近づけてとても優しい声で囁かれ、受け皿を用意していなかった私の心に愛の矢が放たれた。


射抜かれた部分からは火が灯ったように熱が帯びてきて、耳まで真っ赤になっていくのが自分でもわかる。

こんな不意打ち作戦、聞いていない。


動揺で定まらない視線を必死に一点へ集中させて深呼吸をするものの、思考を巡らせる前に本音がぽろりと出てしまった。

「プロポーズは、もっとロマンチックなのがいい」

「プロポーズ？」

「はっ、今のなしね！」

お嫁さんという言葉がうれしくて十夜の言葉を当然のように受け入れてしまったけれど、自分の大胆発言でさらに体が熱くなっていく。

墓穴を掘りすぎて頭が沸騰しているのではないかと思うほど思考が働かない。

「ロマンチックな。約束してやる」

私の猫っ毛をグシャグシャと撫でるその手に、私はどれだけ心拍数を上げればいいのだろう。

触れられるたびに好きになる。

この気持ちに気づかなければよかったと思う時もあるけれど、それよりも、もっと好きになりたいと思う気持ちが勝っているのは気のせいではないと思う。

「ハイハーイ、お二人さんがラブラブなのはわかったから」

見飽きましたと言わんばかりにオージは手を叩くのだ。

今まで大丈夫だった距離感も、恋人になってからは心臓が止まりそうなくらい緊張してしまう。

すると、静かに勉強していたイトケンが教科書を閉じて立ち上がった。

「俺の夢は教師になること。それじゃあ、行くとこあるから」

クールなイトケンは、そのまま私たちの前から消えてしまう。

いつもなら私たちの会話を無視して勉強するか、机に突っ伏して寝るかのどちらかなのに今日は迷わずどこかへ向かった。

「ねぇモチコ、イトケンどこに行ったの？」

「しおりんのところかも。オージの代わりに保健室に通い始めたんだと思う」

そう言われて気づいた。

オージが回復してモチコと幸せになれたのだから、イトケンも恋心に蓋をする必要がなくなったのかもしれない。

「恋の病ってやつだね？」

「それ！　ちなみに私の夢はオージのお嫁さん！」

「素敵な夢だね」

「でしょ」

ガールズトークは、こういうどうでもいいことで盛り上がれるところが魅力的だと思う。

そんな私とモチコを見る十夜とオージは、いつもどおり白い目で見つめるのだ。

「ホント、女子ってくだらねぇよな」

「そりゃ菓子食いながら雑談して太るわけだ」

嫌味ばかりな二人を睨むのもいつものこと。

これは仲がいい印。

「話し戻すけど、俺がパティシエになったら十夜のお店の人気を奪っちゃうから覚悟しといてくれよ？」

「新参者が何を言ってんだ。洋菓子が和菓子に勝とうなんて百万年早いんだよ」

「その言葉、そっくりそのままお返しするぜ」

見慣れた光景に胸の奥が熱くなる。

ライバルだったあの頃の記憶。

お父さんと十夜も、こうやって言い争っていた。

私もそれに負けないくらいライバルをやっていたつもりだ。

もうあの頃には戻れないけれど、このやりとりがうれしくて思わず笑ってしまった。

「初めましてライバル、だね」

「陽鞠ちゃんってさ、笑うとえくぼできてかわいいよな」

「えっ」

それが私と十夜をからかう戦術だと知っているけれど、かわいいと言われるとついうれしくなってしまう。

そんなバカな反応をすると、十夜は決まって不機嫌になる。

「潤、店は渡しても陽鞠だけは渡さないから」

「へぇ、店を渡すってことは洋菓子に屈するってことか？」

「一言余計なんだよいつも」

「あはは」

ごめん、と言いつつ腹を抱えて笑うオージは本当に楽しそうで、その元気な姿を見ると勇気づけられた。

そんなオージを温かいまなざしで見つめるモチコも幸せそうで、心が温かくなっていく。

ひとりでは絶対に感じられないこの気持ちは、誰かの手によって生み出されているもの。

それは、誰かと生きているという証でもある。

「陽鞠ちゃんもかわいいけど、俺のモチコはもっとかわいいぜ？」

「いーや、俺の陽鞠のほうがかわいいに決まってる」

無意味すぎる張り合いに、うれしさを通り越して呆れが先導した。

オージも関心のないフリをして、じつはモチコのことが大好きなのだろうな。

「あ、そうそう。みんなで野球するって話だけどさ」

「うん？」

「俺たちのメンバー五人と俺の姉ちゃんで六人」

「あと三人足りないね」

「三カップルの子どもが生まれたら、ぴったり九人」

私たちはまだ学生で結婚をしてすらいないし、そもそもイトケンとしおりん先生の恋が実るかもわからないのに、その自信はいったいどこから来るのだろうか。

「しおりん先生がイトケンと付き合う確率は?」

「歳の差あったほうが燃えるタイプだよ、あの二人」

「ん?」

「昔から両想い。犯罪になるからって姉ちゃんからは手を出さないって言ってるけど、高校卒業したら時間の問題だな」

ねー、と仲よく見つめ合うモチコとオージはお茶目だ。

みんなの一途な恋が実っていく。

すぎてしまった時間は取り戻せないけれど、これからの時間を生きることはできる。

「俺さ、心臓の病気になってよかったって思うんだよね」

「どうして?」

「みんなと会えたし、生きようと思えた」

愛にはさまざまな形がある。

その愛に触れて私たちの人生は色づき、ずっと描けずにいた夢を追いかけようとしている。

「潤はこれからライバルになるんだから勝手に死んだら許さない」

「お、ライバル視してくれるなんて俄然やる気が出るー！」

「調子に乗るな」

愛は、心を生かすためにあるのかもしれない。

私たちの限りある未来に何かを残せるとしたら、それもきっと愛。

ようやく始まった私たちの高校生活が幸せで溢れていきますように。

そう願いながら私たちは他愛ない話を交えつつ、来たる期末テストに向けて勉学に勤しんだ。


放課後、夕陽色に染まる空を眺めながら電車に揺られて最寄り駅に降りる。

駅から商店街までは、ほぼ一本道。

商店街のゲートをくぐるのもこれで何回目だろう。

私が生まれ育ったこの商店街は今日も愛で溢れている。

「陽鞠ちゃんと十夜くんおかえり」

「安斉さんただいま」

安斉さんちの軒先には色とりどりのフルーツが並べられ、その中でも真っ赤に熟したいちごが一際目を引いている。

十夜がおまんじゅうに隠してくれたショートケーキに使われていたいちごも、安斉さんちのいちごだった。

「今日も、おいしそうないちごがいっぱいですね」

「ありがとう。いつだったか十夜くんが〝とびきりうまいいちごを用意してください〟ってお願いしに来た時があったな」

「あの時のいちご、とびきりおいしかったです」

「やっぱり陽鞠ちゃんのためだったか。愛されてるね」

目を細めて笑みをこぼす安斉さんは〝これからも陽鞠ちゃんを頼んだよ〟と言いながら、喝を入れるかのように十夜の背中をパシンと平手打ちをした。

その反動で右足を一歩前へ出しバランスを保つ十夜がかわいくて、緩んだ口元を手で隠す。

「なに笑ってんのかな陽鞠さんは」

「笑ってないです」

「いーや、笑った」

「いーえ、笑ってません」

ぷっと吹き出す私たちを見て、安斉さんも声高らかに笑う。

その声に気づいた商店街のメンバーが続々と軒先から顔を覗かせ、笑顔の連鎖が始まるのだ。

心からの笑顔は商店街を明るくし、みんなをひとつにしてくれる。

十夜の一途な想いがつないでくれたみんなの笑顔を、私も一緒に守っていきたい。

十夜の隣にいる女の子がずっと私だとは限らないけれど、そんなことを思ってしまった。

「ねぇ十夜、おまんじゅうのリクエストって今してもいい？」

「いいよ。いちごまんじゅうとか？」

「十夜の特製まんじゅうがいい。ぎゅってしてくれるやつ」

してほしいことやしたいことは、今しないといけない。

だから私は十夜にしてもらいたいことを正直に言ったけれど、肝心の十夜は顔色ひとつ変えずに私の手を掴んだ。

「安斉さん、俺たちこれからテスト勉強あるので帰ります」

「はいよ。頑張れ！」

安斉さんに会釈をすると、そのまま無言で私の手を引きスタスタと歩いていく。

若干歩幅の大きい十夜に追いつこうとする私の足は小走りになる。

何も言わないということは伝わっていないのかもしれない。

「じゃあ陽鞠、一時間したらそっち行くからまたあとで」

「う、うん」

勇気を出して言った願いは届かなかった。

つながれた手は自然と離れ家の前で私たちの距離は開いてしまう。

ため息だけが空気に溶けて私の心に木枯らしが吹いた。

慣れないことをすると空回りで終わるらしい。


部屋着に着替える元気もなく、結局丸一時間ベッドで枕を抱きしめてしまった。

もうじき来る頃かな、と体を起こしてベッドの端に腰かけたところで聞き慣れた足音が耳に届く。

ドタドタと階段を駆け上がってくる足音は私の部屋の前で止まり、三回のノック音とともに十夜は姿を現した。

「陽鞠、試作品食って！」

丸いお盆には古風な陶器皿。

その上にはおいしそうなゲテモノまんじゅうが乗っている。

「まだ部屋に入っていいよって返事してないのに」

「制服のまんまじゃん。さては寝てたな？」

口を尖らせる私をスルーして、そのままテーブルにお盆を置いた。

久しぶりのゲテモノまんじゅうに鼻を近づけると、黒胡椒と玉ねぎの香りがする。

この香りだけで嫌な予感がしてならない。

「これ、何？」

「聞いて驚くなよ、チャーハンまんじゅうだ」

「うげー」

ごはん粒にあんこならおはぎで許されるけれど、チャーハンってそれはもはや中華である。

「甘いのとしょっぱいのは一緒にしちゃダメだと思うな」

「いいから食べてよ」

「えー」

強引にゲテモノまんじゅうを手渡されるのもいつものことで、仕方なくそれを受け取った。

見た目だけはおいしそうなのにいろいろ残念なおまんじゅうを一口食べてみるけれど、やっぱりおいしくない。

口内で、あんこと黒胡椒のきいたチャーハンがケンカして仕方がない。

お世辞にもおいしいと言えないそれをいつもの癖で完食すると、十夜は満面の笑みを浮かべた。

「やっぱり陽鞠しかいないな」

「え？」

「俺の試作品を食ってくれるのも、俺がずっと一緒にいたいと思うのも陽鞠しかいない」

十夜の手が頬から髪に滑り、その手は優しく私を抱き寄せた。

たくましい腕の中で私は小さくなる。

「口直しは俺の特製まんじゅうでいかが？」

ぎゅっと抱きしめる腕に力が加えられ、自然と私も十夜の背中に腕を回した。

この特製まんじゅうは、十夜がおまんじゅうの皮で私があんこ。

私の願いはきちんと届いていたらしい。

すり寄るようにして胸元に顔を埋め、震える声で返事をする。

「いただきます」

「召し上がれ」

悔しいけれど、うれしすぎてチャーハンまんじゅうの味も忘れてしまった。

こんなにうれしいサプライズをされたら、負けを認めざるをえない。

「今日は私の負けだね」

「いや、引き分けだな」

「どうして？」

「陽鞠から不意打ちであんなかわいいおねだりされたら、平常心を保てなくなるんだけど」

平常心を保つために一度家に戻りました、と十夜は抱きしめている腕を緩めて額同士をくっつけた。

いつも口ゲンカをする時のような勢いはなく、私たちの間には穏やかな時間が流れている。

「私の夢は十夜とずっと一緒にいることなの」

「俺の夢も一緒だよ」

重なり合う夢は私たちを笑顔にした。

夢を描けるようになったのは、ずっと踏み出せなかった一歩を踏み出せたから。

瞬きをした一瞬の暗闇も、十夜とだから乗り越えられる。

「今日はテスト勉強を中止して十夜とこうしてたいんだけど、ダメ？」

「もちろん。俺も同じこと思ってた」

幼なじみでライバルでもある私たちは甘い恋人同士。

それはこの先も変わらない。

和菓子店の息子と洋菓子店の娘の恋は、徐々に糖度を増しながら膨れ上がっていくのである。

「十夜、あのね」

「ん?」

「オージも元気になったし、遅くなっちゃったけど退院祝いにケーキを作りたいなと思ってて」

「いいじゃん。春川のケーキ、きっと喜ぶと思うよ」

モチコたちもパティスリー春川以上のケーキを探せておらず、退院祝いのケーキはまだ渡せていないと言っていた。

退院した日に、必ず食べてくれていた両親のケーキが店先に並ぶことはもうない。

今はもうそれを食べさせてはあげられないけれど、私なりに考えたケーキがある。

両親のケーキが元気の源だと言ってくれていたオージのために、最初で最後のケーキを作ろうと思う。

「はいそこまで。答案用紙、後ろから回してね」

聞き慣れたチャイムとともに先生が終了の合図をかけてきた。

それと同時に、みんなのシャープペンが机上を転がる。

高校一年最後の期末テストは無事に終了し、残すところ修了式のみとなった。

これからは午前授業だけになるし、いよいよこのB組と過ごせる時間が終わりに近づいてくる。

クラス替えなんてなければこんな辛い思いはしなくていいのだけれど、決まりは守らなければならない。

「みんなー！」

テストが終わった解放感に浸ることができず悲しみに暮れていると、委員長が両手を叩いてみんなの意識を向けさせた。

何かと思えば、集合写真を撮ろうと言うのだ。

「テスト後の笑顔が一番輝いてるし、このクラスでいられるのもあと少しだから」

震える声で言う委員長もクラス替えが嫌なのだと思う。

この一年で私たちの絆は深まった。

普通では経験できないことをみんなで経験したことで、結束力が高まっている。

「俺も委員長に賛成！」

真っ先に手を挙げたのはオージだった。

こういう時にムードメーカーはいい仕事をする。

オージの采配によってクラスメイトは一ヶ所に集められ、タイマーセットされたデジカメに視線を向けた。

そして、オージは噛みしめるように言葉を紡ぐ。

「いろいろあったけど、B組のみんなが俺の病気を受け入れてくれてうれしかった」

病気を隠し、訪れるかもしれない死を待っていたあの日が嘘のようにオージは生き生きとしている。

誰かと何かを共有することで開かれた未来に私たちはいる。

「ひとりでも欠けたらB組じゃなくなるからな」

「十夜いいこと言う。惚れちゃいそうだよ俺」

「俺にそういう趣味はない」

十夜とオージの会話にみんなは笑った。

何気ないこの一瞬に溢れた幸せは、私たちの心の中で輝き続けていく。

「じゃあ撮るよー！」

『はーい！』

十秒のタイマー。

光が点滅するたびに減っていくカウント数。

残り三秒を残したところで委員長が声を上げた。

「いくよー、私たちは何組？」

『ビー！』

みんなが笑顔になった瞬間に下ろされるシャッター。

カメラのディスプレイに表示された映像に幸せは溢れていた。

眩しすぎるくらいの笑顔は確かにここにある。


「ねぇ、オージ。今からちょっと時間あるかな？」

カバンを持って帰ろうとしているオージを引き止めると、必然的にモチコとイトケンも足を止める。

私からオージに声をかけることはあまりないから、三人は不思議な顔をしながら見つめてきた。

「もちろん。時間ならいくらでもあるよ」

「じつは見せたいものがあって」

私の言葉に三人は顔を見合わせる。

要点を言わない私にそれがなんなのかを聞き返してくるかと思ったけれど、三人は笑顔で返事をしてくれた。

「なんだかワクワクするね！」

オージを思って作ったケーキを喜んでもらえるかという不安は、モチコの楽しそうな声で和らいでいく。

両親の意思を受け継いでできることは、オージのためにケーキをプレゼントしてあげること。

十夜には先に行って準備をしてもらっているから、三人を引き連れて私はある場所へと向かった。


テストも終わり生徒たちが帰っていく校舎内は静寂を保ち始めている。

一歩一歩足を進めて向かう先は保健室。

扉を開けると薬品の匂いが鼻腔をくすぐった。

ケーキを食べるにはそぐわない場所だけれど、ここは私たちが初めて秘密を共有した特別な場所でもある。

だからこそ、この保健室でオージに私の作ったケーキを食べてもらいたいと思った。

「あ、やっと来た」

「十夜ありがとう」

「こちらの準備は万端です」

敬礼をする十夜がおかしくて、私たちは声を出して笑い合った。

あの時は、ここでみんなが涙を流していた。

秘密を共有したことで得た笑顔は何よりも輝いて見える。

すると、近くにいたしおりん先生が口を尖らせるのだ。

「こーら、保健室では静かに！」

「ごめんなさい」

「なんて嘘よ。春川さん、ありがとうね」

「こちらこそありがとうございます」

退院祝いにケーキをプレゼントしたい、という提案をしおりん先生は涙を浮かべながら快諾してくれた。

ケーキはしおりん先生の計らいによって職員室の冷蔵庫に隠され、それは現在、保健室の中央にあるテーブルに置かれている。

そして白い正方形の箱を見て、それが何かを理解したオージは瞳を輝かせた。

「お！　もしかしてケーキ？」

「お父さんたちみたいに上手に作れなかったけど、退院祝い」

「マジか、泣きそう」

目頭を押さえるオージはイトケンの背中に倒れ込み、イトケンはそれを煙たがる。

「重い」

「いいじゃん俺たち幼なじみなんだし」

「モチコに抱きつけばいいでしょ」

「モチコは俺に抱きつく係なの」

目で合図をすると、モチコは満面の笑みでオージに抱きついた。

三人の仲よし度は、日に日に増していっているようにも見える。

「陽鞠ちゃん、そのケーキ俺が一番最初に見ていい？」

「もちろん」

まるでクリスマスプレゼントを貰ったようなワクワク顔で箱を開けるオージは、とても無邪気だ。

そして、ゆっくりと箱から引き出されるケーキに大興奮。

「野球ボールのケーキとか最高！」

オージは野球が大好きだから、ショートケーキを野球ボールに見立てて作ってみた。

いちごのソースでボール柄を描いてそれらしくはなったと思う。

「味はわからないけど、食べてくれる？」

「食べる一択！」

「じゃあ今ケーキ切るね」

ケーキを取り分けようとしたけれど、待ちきれなくなったオージは十夜が用意してくれていたフォークで迷いもなくそれをすくうのである。

みんなの制止も虚しくオージの口内にそれは運ばれ、次の瞬間とびきりの笑顔をこぼした。

「うんまい！」

口の端に生クリームをつけてあどけなく言うオージは、パクパクとショートケーキを食べ進めていく。

それを見たモチコたちも次は自分の番だと言わんばかりに駆け寄り、野球ボールに見立てたショートケーキはあっという間にみんなの胃に収まってしまった。

きれいになったケーキ皿を見て、胸の奥から思いが込み上げてくる。

オージは両親の作るケーキが好きだったから、見よう見真似で作った私のケーキを喜んでくれるだろうかと不安に思っていた。

でも、笑顔をこぼしながら味わう姿を見られて、その不安はうれしさへと変わる。

きっと両親も、こういうお客さんの姿に支えられていたのかもしれない。

「陽鞠ちゃんのケーキ、最高だった。ありがとう」

「こちらこそ、食べてくれてありがとう」

誰かのために何かをすると、それは何かしらの形で返ってくる。

オージを思って作ったケーキは眩しい笑顔となって返ってきた。

「よかったな陽鞠」

「十夜も手伝ってくれてありがとう」

「未来のお嫁さんのお願いなら、俺はなんだって聞くよ」

「バカ」

私はこの数ヶ月で多くのことをみんなに教えてもらった気がする。

正直、両親の死はまだ受け入れられていない。

〝たられば〟に蝕《むしば》まれていたあの頃、手を伸ばせばすぐそこに誰かがいるのに、私はそれに気づかず喪に服し続けていた。

でも、今は違う。

まわりを見渡せば必ず誰かがいて、救いの手を差し伸べくれる人がいるということを知った。

孤独だと思い込んでいる時ほど見守ってくれている人がいる。

それに気づき真っ暗闇から抜け出した今、怖いものは何もない。

みんなという光が、いつも私を照らし出してくれるのだから。

エピローグ

高校を卒業して七年。

私たちは二十五歳になった。

元B組のみんなとのつながりは今も絶えずあり、委員長は小児科の看護師として病気を抱える子どもたちと一緒に生きているらしい。

イトケンとしおりん先生も長い恋愛期間をへて結婚。

オージとモチコ、それに私と十夜は仲よく三年前に結婚した。

みんなの家庭にも子どもが生まれ、幼なじみのような付き合いになっていて、それぞれが違う形の愛を育んでいる。

「陽鞠、あれ追加」

「何?」

「〝陽鞠のえくぼ〟足りないんだけど」

「その商品名、ややこしいからやめない?」

「これは香月の人気商品なんだから今さら変えられるかよ」

製菓の専門学校を卒業してすぐに、私たちは和菓子処香月の社員として勤務することになった。

その時に十夜が生み出した商品こそが〝陽鞠のえくぼ〟というおまんじゅうである。

香月特製の黒ごままんじゅうの中に隠された当たり券。

それは、十夜が私に初めて告白してくれたあの時と同じサプライズ方式のもので、当たりが出たら香月の好きな商品と引き換えることができるという優れもの。

いわゆるフォーチュンクッキーのようなものである。

「私はプリンを作るので忙しいの」

「落雁足りるか？」

「足りると思う！」

おまんじゅうに次いで人気の商品は、お父さんとおじさんによって生み出された思い出の落雁プリン。

パティスリー春川と和菓子処香月は、今では仲よく手を取り合っている。

香月の向かいにある私の家は今も一軒家のまま。

結婚してからは十夜も春川の家に住んで、私の祖父母とも仲よくやってくれている。

「十夜と結婚できてよかったな」

「急にどうした？」

「ねぇねぇ、プロポーズの時に作ってくれたケーキまた食べたい」

「あんな恥ずかしいケーキは二度と作りません」


私が高校生の時に話したロマンチックなプロポーズのことも覚えていてくれて、十夜はそれを実現してくれた。

あれは、専門学校を卒業する前のクリスマス。

今年は俺がクリスマスケーキを作るから陽鞠は何もするなと念を押されていて、久しぶりに十夜のケーキが食べられると胸を踊らせていた。

『メリークリスマス、陽鞠』

そう言って出されたケーキはハート型のかわいらしいショートケーキ。

いちごがふんだんに使われ生クリームをきれいにナッペしたそのケーキは、愛に溢れていた。

『かわいい！』

『端からフォークで優しくすくって食べてほしいんだけど』

言われたとおりに端からフォークですくい口内へ運ぶ。

ケーキの甘さといちごの甘酸っぱさがマッチしていて、いくらでも食べられてしまいそうだ。

ワンホール食いをしてもきっと十夜は笑い飛ばしてくれそうだし、とお構いなしに食べ進めていくとケーキの中央に空洞があることに気づく。

中を覗いてみると、かわいらしいミニハート型の落雁がいくつか入っていた。

崩さないようにそれを取り出してみると、赤いリボンで結ばれた筒上の手紙が姿を現したのである。

リボンをほどいてその手紙を開ければ十夜からの愛のメッセージが書かれていて、その愛の言葉は私の視界を歪ませた。

『俺が陽鞠を幸せにします。結婚しよう』

十夜が用意してくれたのは、メキシコなどのお祭りなどで使われるピニャータケーキというもの。

ケーキの中にはオモチャやお菓子が詰められるけれど、十夜は和菓子店の息子らしく両親の思い出のひとつでもある落雁を詰めてきた。それも愛のメッセージを添えて。

ショートケーキと和菓子を融合した愛らしいケーキは、私の心を射止めるには十分なものだ。

『うっ、十夜……』

『泣き虫』

涙が堪えきれない私を抱きしめて十夜は髪を撫でる。

十夜がいい。十夜しかいない。十夜でなければダメなんだ。

『俺、陽鞠を好きな気持ちは誰にも負けないから』

ぎゅっと抱きしめる腕に力が加えられ、必然的に私は十夜の胸元に埋まった。

大好きな十夜の腕の中で私の鼓動は高鳴り、好きという気持ちが溢れていく。

『これからもずっと陽鞠が好きです。俺と結婚してくれますか？』

『はい！』

『一生離さないから』

和菓子店の息子のくせに、あんなにロマンチックなケーキを作れるだなんて少しだけ悔しい。

でも、私のためにいろいろ試作して喜ばせてくれる十夜が愛おしいと思う。

付き合ったらゴールだとか、結婚したらゴールだとか言うけれど、私たちの幸せにゴールはない。


「ママ！　パパ！」

「小春《こはる》ちゃん！」

プロポーズをへて結婚し、しばらくして授かった小春ちゃんは二歳になったばかりのかわいい愛娘。

おばあちゃんとおじいちゃんと手をつないで、こうしてたびたびお店に遊びに来てくれる。

「小春、ごめんな。今は遊んでやれないけど、あとでおまんじゅう一緒に食べながらお馬さんしてあげるからな」

「パパしゅき」

「っ……パパもしゅき！」

十夜のデレデレ度合いは日に日にエスカレートしていって、若干気持ち悪い。

それと同じくらい十夜の両親も小春ちゃんにデレデレだ。

でも、それがとてもうれしくて私も鼻の下が伸びてしまう。

小春ちゃんの頭を撫でながら、おばさんはいつもと同じ言葉を口にした。

「小春ちゃんの笑顔って、陽鞠ちゃんのお父さんとよく似てるわよね」

「やめてくれよ。俺はアイツをかわいがるつもりは毛頭な……へっくしょん！」

「そんなこと言うから、天国で文句を言われたのよ」

おじさんにかわいがられるお父さんの図を想像すると、なんだかおかしくて自然と口元が綻んだ。

小春ちゃんを命名してくれたのは、何を隠そうおじさんだ。

春川の名字から一文字取って小春ちゃん。

安直だと思われがちだけれど、そこにはおじさんの愛がぎゅっと詰め込まれている。

「小春ちゃんには、アイツをあっと言わせるほどのまんじゅうを作ってもらうんだからな」

「いつまで張り合うのよ」

「天国に逝っても張り合うに決まっている。俺たちは永遠のライバルなんだからな」

「はいはい」

呆れた視線を私に向けるおばさんは〝お手上げ状態〟と両手のひらを空に向ける。

きっと、お父さんもおじさんと同じように今も張り合っていて、お母さんに呆れられているのだろうな。

「バイバイ」

そんな大人の会話に飽きたのか、いや目の前にあるお裾分けが気になったのか小春ちゃんは元気に別れの挨拶をし始めた。

ここへ来るとお菓子が貰えるという、不必要な知識が植え込まれているようだ。

「おうち帰って、お手々洗ったら食べてね？」

「ん！」

うん、と言えない小春ちゃんは「ん」と強調して満面の笑みをこぼす。

約束を交わしお裾分けのおまんじゅうとプリンを持たすと、小春ちゃんは両足でぎこちないスキップをしながら向かいの家に帰っていった。

「そういえば、オージが早くもお店を立ち上げるらしいよ」

「アイツは昔から要領だけはよかったからな」

「店名は〝パティスリー王子〟だって」

「だっさ」

「ふふ」

オージは約束どおり、パティシエの道を歩もうとしている。

これは強力なライバルが現れそうだな、と鼻歌まじりで卵を溶いていると十夜がため息をついた。

「潤が早く野球したいってうるさいんだよな」

「九人揃ったけど、さすがに小春ちゃんたちを人数に加えるにはまだ早いかな」

「そのうち〝俺は野球のチームができるくらい子どもを作ってやる〟とか言い出しかねないな」

「確かに。頑張れモチコ」

一途な恋は確かに未来を紡いだ。

夢は日に日に増えていって、みんなと踏み出す一歩が楽しみで仕方がない。

時間が進むことのうれしさを、私はようやく噛みしめることができている。

「そうだ、陽鞠」

「何？」

「冷蔵庫から生クリーム取ってきて」

「はーい」

冷蔵庫には十夜の愛が詰まっている。

私にそう促す時は大概……。

「ショートケーキだ！」

私の大好きなショートケーキがお皿に乗せられ、お皿の縁にはチョコレートで文字が書かれている。

『昨日よりも陽鞠を愛してる』

まったく恥ずかしいことを書いてくれるものだ。

うれしくて、私が毎回写メしていることを十夜は知らないのだろうな。

「十夜」

「ん？」

「私も昨日より十夜を愛してる」

「バーカ。当たり前だ」

私たちの毎日は、笑顔と愛で溢れている。

あの頃には想像すらできなかった眩しい時間は刻まれ続け、時間が過ぎることを惜しくも思う。

誰かと刻む時間は、さまざまな感情を残しさまざまな出逢いをもつないでいく。

そこにある確かな存在。

そこにある確かな時間。

そこにある確かな想い。

命のバトンは、絶えず未来永劫つながれていくことだろう。

必ず訪れるであろう明日のために。

番外編

二月末。

底冷えの寒さが戻ったこの街に、先日雪が降った。

まだ溶け残っている雪は、太陽の光を受けキラキラと宝石のように輝いている。

両親が亡くなった時は自分の世界から色が消えたと思っていたけれど、今では雪の白さでさえも色鮮やかに見える。

何気なく過ごせる日々が、こんなにも幸せなことだとは思わなかった。

日常に埋もれている幸せほど、気づけないものなのかもしれない。

それを失った時に初めてその大切さを知るけれど、失ったものは戻らない。

だからこそ、私はみんなとの時間を一秒でも大切にしていきたいと思う。


オージが帰国してから一週間がたち、いつものメンバーで学校生活を送れている。

今日もいつもどおりにみんなで昼ごはんをと思っていたけれど、オージの姿しか見当たらない。

「オージ、みんなは？」

「十夜とモチコは日直の仕事で先生にパシられてて、イトケンは保健室」

イトケンは、しおりん先生のいる保健室に入り浸るようになっている。

恋愛においても真面目なイトケンは、ひそかに愛を育んでいるらしい。

仕方なく、みんなが戻るまでオージの前の席に腰を下ろすことにした。

「そっか、二人とも日直だったね」

「妬《や》いちゃう？」

「え？」

「愛しの十夜とモチコが一緒に行動してること」

モチコはオージのことが好きだし何を的外れな質問をしているのだろうと思ったけれど、そう言われると変に意識してしまう。

私と違ってモチコは大胆で、そんなつもりはなくてもボディタッチとかしてしまうかもしれない。

無駄に視線を泳がせているとオージが噴き出した。

「ぷっ、陽鞠ちゃんってわかりやすいよね」

「からかったの？」

「十夜も手を焼くわけだ」

まるで私が悪いみたいな言い方に頬を膨らませる。

十夜とは生まれた時から一緒で、物心がついた頃には当たり前にそばにいた。

言いたいことは言い合えていたけれど、恋心だけは伝えられずにもどかしい関係を続けてきたから、突然からかわれても困ってしまう。

「陽鞠ちゃんと十夜はデートとかしたの？」

「デート？」

「幼なじみを脱したんだからさ、たまには家のことは忘れて出かけてみたら？」

オージにそう言われて、デートというものをしていないことに気づく。

確かに私たちも一応は恋人同士になった。

でも、今までの関係に〝恋人〟というワードが追加されただけで恋人らしいことは何もしていない。

十夜の体も万全ではないし、隣にいられるだけで満たされているから恋人としての一歩は踏み出さなくてもいいと思っていた。

「私たち物心ついた頃から一緒だったから、デートとか改まるとどうしていいかわからなくて」

「いつもより少しくっついて、好き好き言ってればいいんじゃない？」

「そ、そんな恥ずかしいことできないよ」

想像しただけで体が熱くなる。

もともと十夜の前ではツンツンしているかわいくない女子だから、キャラと違うことをしたら引かれてしまうかもしれない。

「じゃあ試しに俺に好きって言ってみたら？」

「なんで？」

「練習。一応俺は男だし、練習するにはバッチリ」

何事も練習、そう意気込んで深呼吸をひとつしたところでオージが私のすぐ隣に移動してきた。

腕が触れ合う距離なのに息苦しさを覚えない。

これがきっと十夜だったら、茹でダコのように顔を赤く染めていた気がする。

「俺を十夜だと思えばいいから」

下から顔を覗き込むという不意打ちに胸が高鳴った。

十夜の名前が出ただけで意識し始める私の脳は重症かもしれない。

「ほら早く」

急かされて仕方なくその言葉を紡ごうとした時だった。

「と、十夜が好……」

「俺の陽鞠に何しようとしてんの？」

好き、と続くはずだった私の言葉はある人物の怪訝な声で遮られてしまった。

気配を感じる間もなく現れた十夜は、不機嫌そうに私たちを見おろしている。

「これはこれは十夜くん、どうしてそんなに不機嫌なのかな？」

「自分の胸に聞け」

呆然とする私からオージを引き離すと、十夜は私に疑いのまなざしを向けてきた。

無言で訴えてくる十夜のまなざしに冷や汗が出てくる。

ここは当たり障りのない質問をして回避しようと、おそるおそる言葉を紡ぐことにした。

「日直の仕事、終わった？」

「残りはモチコに任せてある。それで、オージに何を言おうとしてたんだ？」

「えっと、これはですね」

まさか十夜に好きを伝えるための練習だなんて口が裂けても言えない。

絶対に怒られると思っていたけれど、十夜は呆れたようにため息をつく。

そして、自然な流れで顔を覗き込まれて心臓がせわしなく動き始めた。

オージには反応しなかった鼓動が、うるさいくらいに鼓膜を刺激する。

「あのさ、陽鞠」

「は、はい」

「陽鞠は俺とデートしたい？」

「へ⁉」

まるでオージとの会話を聞いていたかのように〝デート〟という単語を出されて、驚きのあまり声が裏返った。

私たちは幼い頃から和菓子と洋菓子のことで言い合い、相撲のように体を密着させて張り合ってきた。

意外と二人きりで過ごす時間も多いし、今までのこともデートに含まれると言ってもいいのかもしれない。

「おーい、陽鞠さん？」

「毎日がデートみたいなものだから、今のままで私はいいかな」

嘘を並べながら十夜から視線を外す。

両想いになったというのに、素直になれない私はやっぱりかわいくない。

洋菓子店の娘なのに甘えるということが苦手すぎて嫌になる。

すると、懲りずにオージが会話に入ってきた。

「おたくの彼女さん、こんなこと言ってますけど？」

イタズラを含んだ声に私はぴくりと肩を上げ、十夜からは深いため息が聞こえた。

冷めた彼女だと思われていたらどうしよう。

私もモチコみたいにところかまわず密着して、好きを言えるタイプだったら十夜を喜ばせてあげられるかもしれないのに。

「俺は今のままじゃ嫌だから」

「十夜？」

「ちょっと来て陽鞠」

まだ昼ごはんを食べていないというのに、十夜は私の手を引いてイスから立ち上がらせた。

私のお尻は自然とイスから離れ、オージに〝頑張れ〟という棒読みエールを送られて戸惑いながらも私は十夜に連行されてしまう。

今まで手が触れ合うことも意識していなかったのに、今では心臓が口から飛び出しそうになるくらい十夜を意識している。

好きだと認めると、こういうことになってしまうらしい。


訳もわからず連れてこられたのは、文化祭でおまんじゅうを作った調理室だった。

四限でどこかのクラスが作ったであろう、肉じゃがの香りがかすかに残っている。

「オージとモチコのラブラブを見せつけられて、陽鞠はなんとも思わない？」

「羨ましいな、くらいには」

「はぁ……陽鞠は洋菓子店の娘なのに塩っけが濃すぎる」

「何よ。和菓子店の息子のくせに私にケンカ売るつもり？」

どうしてこうなってしまうのだろう。

いつものように指を絡ませ、額を押しつけ合って相撲。

このムードのないやりとりも、もう何度目かわからない。

「あのさ、陽鞠は俺とこうしててドキドキする？」

額を合わせながら絡まる視線。

至近距離に見える十夜の顔。

このまま息が止まりそうなくらいドキドキしている。

「俺はずっと昔から陽鞠のことが好きだったから、どうやったらくっつけるだろうって考えててさ」

「うん？」

「ケンカ売れば陽鞠は乗ってくれるし、こうやってくっついてくれるだろ？」

それはつまり、私とくっつきたいがためにあえてケンカを売ってきたということだろうか。

それにまったく気づかずケンカを買っていた私は、最初から十夜の思うままに動かされていたということになる。

「ずるいよ十夜」

「ずるいのは陽鞠だよ」

「なんで？」

「恋人になったのに、くっつくだけで俺が満足できると思う？」

絡み合っていた指はほどかれて、十夜は私から離れていく。

温もりが離れていく感じはどうも慣れなくて、無意識にブレザーの裾を掴んでしまった。

震える指先を止めるかのように十夜は無言で私の手に触れる。

「陽鞠、明後日って暇？」

「明後日って日曜日だよね。香月も忙しいからお手伝いに行こうと思ってるよ」

「そのお手伝いの時間、俺にくんない？」

もしかして、ペペロンチーノまんじゅうに次ぐゲテモノまんじゅうでも完成してその試食を私にさせようという魂胆だろうか。

自分の中で最悪な食材を組み合わせを想像して身震いをした時だった。

「デートのお誘い」

ポケットに隠し持っていたのか、差し出されたのは最近話題の水族館のチケットだった。

お菓子をモチーフにした水槽エリアがかわいいと評判らしく、ずっと行きたいと思っていた。

お店の手伝いをしていた私たちにとって公園が遊び場みたいなものだったから、そういう所に行ってみたいね、なんて最近も話していた気がする。

でも十夜には毎回空返事をされていたから、まさかこのタイミングでお誘いが来るとは思っておらず瞳を輝かせてしまった。

「これ行きたかったやつ！」

「うん。行きたいって言ってたから」

「一緒に行ってくれるの？」

「陽鞠と行きたいから誘ったんだよ」

あの十夜が頬を染めて気まずそうに後ろ髪をかいている。

いつもなら〝和菓子店の息子のくせに〟なんて反撃するところだけれど、それを見た私も鏡のように同じことをしてしまった。

初々しい私たちを見たら、オージはきっとからかうのだろうな。

「で、返事は？」

「行きます！」

「言っとくけど、これ初デートだから」

「う、うん」

十夜と二人きりになることには慣れているはずなのに、今はどうしようもなく恥ずかしくてチケットを受け取る手が震えてしまう。

渡された拍子に触れ合う指先から私の想いが伝わってしまいそうで、私は急いでそれを受け取った。

「初デートでも陽鞠を笑顔にしてみせるから」

「うれしい。十夜が隣にいてくれれば私はいつも笑顔でいられるよ」

「そういうかわいいこと言わないように」

「どうして?」

「俺の好きが止まらなくなります」

そう言って照れ笑いを浮かべる十夜は、とても幸せそうで私までうれしくなった。

好きな人の笑顔は、どんなお菓子よりも甘くて幸せをお裾分けしてくれる。

笑顔は幸せを招く魔法なのかもしれない。


それから十夜は昼ごはんを買いに購買へ向かい、私はオージとモチコの元へ戻った。

戻ってすぐだというのに、オージは右手で小さく手招きをして私を呼び寄せるのだ。

また何か余計なことを言われるのではないかと、疑いながらも耳を傾ける。

「なに、オージ?」

「無事にデート誘われた?」

「え?」

「十夜にデートの誘い方がわからないって相談されたから、さっきああいう話の振り方をしたんだけど」

右目でウインクをするオージを見て確信した。

どうやら私は罠《わな》にハマっていたらしい。

オージにからかわれるのはいつものことだけれど、そんな相談を十夜がしていたことに一番驚いている。

なんだかんだ、十夜もかわいい男の子なのかもしれない。

熱を冷ますように手で顔を扇いでいると、モチコが私の背中に抱きついてきた。

「心配しなくても十夜くんは陽鞠ちゃんのこと大好きだから大丈夫だよ」

「ほんとはね、私もモチコみたいに甘えたいの」

「じゃあ、好き好きって言っておけばいいんだよ」

オージと同じことを言うモチコは、にこりと愛らしい笑みをこぼす。

そういえば私は付き合ったあの日以来、片手で数えられる程度しか十夜に好きを伝えていない気がする。

洋菓子一筋で恋バナには疎かったから、普通の恋人がどう接しているのかが気になった。

「付き合ったら好きって毎日言い合うもの？」

「付き合いたての頃は言い合うんじゃない？」

私は毎日オージに好きって言ってるけど、と恥ずかしい気持ちを隠すように私の首元に回している手に力を入れてきて苦しさを覚えた。

幼なじみだから言わなくても通じ合えるし、今さら付き合いたて感を出してもぎこちなくなってしまいそうで怖い。

それに私たちは付き合いたてというよりも、熟年カップルと言ったほうが正しいかもしれない。

「またガールズトーク？」

「あ、十夜くんおかえり」

購買から戻った十夜は、呆れ顔で私たちの目の前に現れた。

話していた内容が内容なだけに視線が泳いでしまう。

「モチコ、陽鞠が苦しがってるから離してやって」

助けてもらったと頭では理解しているのに、モチコの手を引っ張る十夜を見て胸の奥がチクリとした。

こんな感情も今までなかった。

十夜が私以外の女の子と話そうと触れ合おうと静かに見守れていたはずなのに、恋人になってからは余計な不安が増えた気がする。

「陽鞠？」

こうやって心配して顔を覗き込まれるだけで息苦しくなる。

声を聞くだけで意識が飛びそうになる。

「熱ではなさそうだな」

私の額に手を当てて熱を測る十夜にでさえドキドキしてしまうのは、恋をしているからだと思う。

幼なじみとしてではなくて、ひとりの男の子として意識しているから些細なことが私の鼓動を踊らせる。

「陽鞠ちゃんはお熱だよ、十夜に」

十夜への気持ちの変化に戸惑う私をからかうオージは、頬杖をついてイタズラな笑みを浮かべていた。

幸か不幸か病気を乗り越えたオージのイタズラ心に拍車がかかっている。

「余計なこと言わないでよオージ」

「照れちゃう陽鞠ちゃんもかわいい」

「か、かわ！」

反応しなければいいものを、律儀に反応してしまう私も悪い。

しばらく黙っていた十夜の両手が突然、私の頬を包み込んできた。

自然と絡む視線は逸らせない。

この手のひらから私の気持ちが抜き取られてしまいそうなくらい、ぎゅっと包み込まれている。

「陽鞠にかわいいって言っていいのは俺だけだし、かわいいって言われて喜んでいい相手も俺だけ。わかった？」

嫉妬にも取れるその言葉がうれしくて素直に頷いた。

同時にこぼされた笑みは私の鼓動を速めていく。

「こらオージ！　陽鞠ちゃんは十夜くんの彼女なんだから、ちょっかいださないの」

「へいへい」

「ごめんね陽鞠ちゃん、オージは二人のことが大好きだから応援したいだけなんだ。私に免じて許してあげてほしい」

申し訳なさそうに両手を合わせて目を瞑るモチコを責めることなんてできないし、オージの言動を辛いと思ったことはない。

十夜に甘えたいという私の気持ちを汲み取ってこその行動だと思うから、むしろ感謝している。

「じゃあ、みんなで昼ごはんを食べて仲直りってことで」

「さんせーい！」

想いが加速していくたび、十夜を幸せにしたいという気持ちが溢れてくる。

いつも十夜に甘えてばかりだから、初デートでは甘えられるように頑張りたい。

待ち合わせは午前八時に最寄り駅。

初デートだからとめずらしくお化粧をして、少しだけ女の子らしくニットワンピを着てみた。

白いふわふわのニットワンピに白いコートを羽織る。

赤いベレー帽を被りいちごのショートケーキを意識してみたけれど、十夜は気づいてくれるだろうか。

恋する乙女でありつつ、こんな時でも勝負魂というものが働いてしまう。

十夜よりも早く待ち合わせ場所へ行こうと三十分前に息巻いて家を出れば、向かいの家から同じ行動を起こす人物と目が合った。

『あ』

お互い気まずさを覚えたけれど、反射的にクラウチングポーズを取る私たちは相変わらずだ。

「スカートはいてんのにそんなポーズすんなよ。パンツ見える」

「見ないでよ、えっち！」

「はー？　見せてんのはそっちだから」

「言ったなー！」

そうして始まるいつもの言い合い。

指を絡ませて額をくっつけて、それがとてもうれしくて目を細める私たちは小さく笑うのだ。

「俺たち変わんないな」

「だね」

両親の事故から停滞していた私たちの時間。

想いも関係も何もかもがあの日で止まり、変化という文字さえ見失っていた。

でも、今は些細な変化に一喜一憂し、生きている実感を噛みしめている。

「今日は俺が先に行く」

「追いかけっこで私に勝てたことないもんね」

「違うよ。いっぱい待たせたから、陽鞠のこと」

困ったように眉尻を下げて言う十夜は、いまだに自分が事故に遭ったことを責めている。

十夜のせいではないのに、両親と同じ事故現場を私に見せてしまったという自責の念に苦しんでいる姿はもう見たくない。

「十夜は今、私といる。それだけで十分だよ」

「ありがとう」

「それに、私が好きで待ってたんだから大丈夫」

「だから今度は俺に待たせて。な？」

自然と頭に伸びてくる手が私の毛先をいじり、私は猫にでもなったかのように目を細めてそれを受け入れた。

「うん。待たせる」

「さんきゅ。じゃ十分後に待ち合わせ場所で」

永遠なんてない。

別れがあることを知っているから、この去り際の時間がとても苦しい。

それを察したのか十夜は私の顔を覗き込んできた。

「もう二度と陽鞠をひとりにしないから」

「十夜……」

「初デートくらい恋人らしく待ち合わせしたいけど、ダメ？」

そんなに優しい声色で言われたら受け入れるしかなくなってしまう。

十夜のワガママを聞いてあげたくなってしまう。

「ダメ、じゃない」

「陽鞠は俺に甘いね」

「十夜だって」

「そりゃあ大好きだし、陽鞠のこと」

十夜の言葉がストレートすぎて心が持たない。

どんなケーキよりも甘い言葉は私を笑顔にしてくれる。

まるで、両親がいたあの頃を今でも変わらず与えてくれているみたいに。

「私だって十夜のこと大好きだし」

「デート前にあんまりかわいいこと言うなよ」

「え？」

「離れたくなくなる」

どうして心臓はひとつしかないのだろう。

十夜の言葉一つひとつに反応するせいで、鼓動音は鼓膜を占領し思考能力までもを奪っていく。

すでに過重労働中の私の心臓は、デートが終わるまで持たないような気がする。

それから私たちは、十分後に待ち合わせ場所で落ち合うことになった。

商店街のアーケードを抜け右に曲がって直進すると、最寄り駅が見えてきた。

区画された駐輪場には自転車がきれいに並べられている。

休日で朝早いからか、平日のような混雑は見られなかった。

すぐに十夜の姿を見つけられると思ったけれど、それらしき姿が見当たらない。

「どこに行っちゃったんだろう」

先に行って私を待っていると約束をしたのはどこのどいつだ。

なんて思いながらも不安は膨らんでいくばかり。

もしかして、また事故に遭ったのではないだろうか。

いや、ここまでは一本道だったしそれはありえない。

だとすれば誘拐という線も……。

不安に押し潰されそうになったと同時に、突然目の前が真っ暗になった。

目元を覆う大きな手はわずかに冷たい。

「だーれだ？」

その声を聞かなくても、目隠しをしてきた手だけでわかる。

この手にずっと守られてきたのだから間違えるはずがない。

「とお、や……っ」

「え、どうした⁉」

「待ってるって言ったのにいないから」

安堵からこぼれた涙は十夜の手を濡らす。

慌てて離される手は私の頬を伝う涙を拭ってきた。

「ごめん、やりすぎた」

とても申し訳なさそうに私を抱きしめると、落ちつかせるように背中をさすってくれる十夜。

こんな駅前で、なんて考える余裕がないほど私は十夜が無事だったことに安堵している。

「十夜のバカ」

「ごめん。陽鞠が俺を探してる姿がかわいくて意地悪したくなったんだ」

ぎゅっと抱きしめる力を強くされ、必然的に十夜の胸元に顔を埋める形になった。

十夜の腕の中にいると、こんなにも落ちつく。

もっとこの腕の中にいたいと思って十夜の背中に腕を回した。

「あとでデザート買ってくれたら許してあげる」

「いいよ、何個でも買ってあげる」

「じゃあ許します」

結局私は十夜に甘い。

こういう甘さではなくて、彼女として甘えるにはどうすればいいのだろう。

「ところで陽鞠さん」

「なに？」

「俺はずっとこのままでもうれしいけど、そろそろ離れないとギャラリーが増えそうで危険かと思われます」

「離れましょう！」

家にいる気分になって、ここが駅前だということを忘れかけていた。

商店街の人たちにでも見られたりしたら、それこそあとでからかわれそうで怖い。

離れてしまった温もりに寂しさを覚えていると、十夜が左手を差し出してきた。

「どうしたの？」

「今日はデートだから。少しでも陽鞠とくっついてたいなと思って」

私が喜ぶ言葉をたくさんくれる。私がしたいと思うことをしてくれる。

十夜の世界は私中心に動いているのではないかと自惚れてしまうほど、愛されていると実感する毎日。

照れながらその手に触れると、十夜は優しく握り返してくれた。

「陽鞠の服装ってショートケーキ意識してる？」

「似合わないかな？」

「まさか。誰にも見せたくないくらいかわいいよ」

甘すぎる十夜のせいで負かされっぱなしだ。

でも、気づいてくれたことがうれしくて自然と笑顔がこぼれた。

「行こうか」

「うん」

つながる手からも想いが溢れてしまいそうだけれど、この手はつないでいたい。

どこへも行ってしまわないように、この手を離さないでいたいと思う。

そう思いながら私たちは改札を通り、電車で水族館へと向かった。


休日なだけあって家族や恋人、友人同士などさまざまなグループがチケット売り場に列をなしていた。

十夜が用意してくれていたチケットのおかげで入場ゲートを通ることができたけれど、チケットを購入するだけで時間がかかってしまいそうなほど今日は混雑している。

「どこから行く？」

「お菓子の水槽！」

「言うと思った」

くすりと笑いながらも、パンフレットでその場所を探してくれる十夜の優しさに心が温かくなった。

その間もずっと手はつながれたままで、私たちもまわりから恋人同士に見られていると思うと恥ずかしくて十夜に隠れるようにしてパンフレットを覗き込む。

方向音痴な私は地図をうまく読めないけれど、十夜もパンフレットが見にくいのか何度も首をかしげている。

「手、離そうか？」

「ダメ。今日はくっついてるって約束したろ？」

「う、うん」

手をつないでいる認識を強めるためなのか、ぎゅっとつなぐ手に力を加えられた。

そのままパンフレットに視線を戻す十夜の横顔にすらドキドキしてしまう。

それからすぐに場所がわかったのか、十夜は私の手を引いて歩き始めた。

壁に記された矢印の方向へ進んでいくと、水族館とは思えないほどかわいらしいエリアへ辿りつく。

お菓子をモチーフとした水槽エリアは色鮮やかな空間に仕上げられ、まるで絵本の中にいるような気分になった。

水槽の中には、お菓子の家やたくさんのお菓子の模型が並べられている。

その隙間をぬって泳いでいく魚が、より一層かわいく見えた。

「見て見て、あれショートケーキかな？」

「だな。あっちにはまんじゅうもある」

「ショートケーキは魚にも大人気だね」

「なに言ってんだよ。あっちの水槽はまんじゅうのほうが大人気だ」

懲りずに言い合う私たちは変わらない。

洋菓子店の娘として生きてきた以上、そう簡単に和菓子一筋にはなれないからこの争いはしばらく続きそうである。

「やっぱ陽鞠といるとラク」

「そう?」

「甘党の俺をバカにしないし」

「甘党男子と言えばオージもだね」

自信満々で言うと十夜は私の頬をつねってきた。

不機嫌顔で見つめられているのに、不覚にも胸が高鳴ってしまう。

「いひゃい」

「俺といるのに他の男の名前出すの禁止。とくに潤の名前は絶対に出さないこと」

あまりの勢いに圧倒されて頷くと、頬をつねっていた手は静かに離れていく。

私はわずかに痛みの残る頬をさすりながら十夜に頭を下げた。

「ごめんね十夜」

「好きだよ十夜って言ったら許す」

「え？」

「早く。まさか潤には言えて俺に言えないってことはないよな？」

これはあれだ。

一昨日、教室でオージに練習させられていたことを根に持っているに違いない。

結局あの時は未遂で終わったから、突然好きを要求されて慌ててしまった。

「こ、ここでは恥ずかしい」

「今日は陽鞠にいっぱい〝好き〟って言ってもらうって決めてるし」

「え！　勝手に決めないでほしい」

そんな言い合いをしていると、後ろを歩く親子の会話が聞こえてきた。

十歳くらいの女の子だろうか。

母親と手をつなぎながら楽しそうに話している。

「ママのケーキと同じくらいおいしそうだね！」

「ありがとう。明日のおやつもケーキにしよっか」

「ショートケーキがいい！」

「いちごいっぱい乗せてあげるね」

ここへ来れば、こういう話題が耳に入ることは覚悟していた。

一年が過ぎて二年が過ぎて、それでもあの日の出来事は色濃く残っている。

大好きだったショートケーキを、両親はいつも二階の冷蔵庫に入れてくれていた。

ショートケーキはどこのお店でも売っているのに、あのショートケーキだけはもう二度と食べることができない。

十夜がケーキの味を思い出させてくれたのに、あの味はもう味わえない。

会いたい、会いたいよ。

「おいで、陽鞠」

視界が歪んでよく見えないけれど、突然、水槽の前から足早に移動し始める十夜の背中がとても大きく見えた。

これ以上あの場所にいたら、私はきっと嗚咽しながらしゃがみ込んでいたと思う。

それに気づいた十夜が、今こうしてあの場所から連れ出してくれている。

私の変化にいつも気づいてくれる十夜が好きでたまらない。

その優しさに触れて、涙に拍車がかかってしまった。


人の波をかき分けて足を止めたのは、メインである大きな水槽から少し離れた位置にあるカップルシート。

かまくらのようにひとつずつ部屋が分かれていて、二人きりになれるだけではなく水槽をひとりじめできる絶好の場所だ。

奇跡的に空いていたそこに肩を並べて腰を下ろすと、私の涙を隠すようにして十夜は抱きしめてきた。

「おばさんたちのこと思い出した？」

「……うん」

「よしよし」

一緒に乗り越えたはずの過去を、私だけがまだ引きずっている。

三年もたつしそろそろ受け入れられてもいい頃なのに、ふとした拍子に両親との思い出が蘇ってしまうのだ。

「俺もおばさんたち大好きだったから、そう簡単に受け入れられないよ」

「うん」

「でも、俺には陽鞠がいるし陽鞠には俺がいる」

ぎゅっと抱きしめられて涙が十夜の服に滲んでいく。

不思議だな。

この腕の中でなら、私はどんな時でも笑顔になれる気がする。

「陽鞠が泣いた分、俺が笑顔にしてみせるから」

「十夜……」

「だからいっぱい泣いて、いっぱい笑うこと。俺が全部受け止めてやるからさ」

おかしいな。

今日は私が十夜に甘えようと思っていたのに、私はまた甘やかされている。

私も十夜の涙や笑顔を受け止められるだけの彼女になりたい。

そのためにも想いはきちんと届けたい。

「私、十夜が好き」

「陽鞠？」

「好きすぎてどうにかなっちゃいそうなくらい好き」

恥ずかしい言葉を伝えた自覚はあるし、何より私がそれを言ったことに一番驚いている。

私らしくないと思われたらどうしよう。

こんなに重い彼女はいらないと言われたら、涙が枯れるまで泣いてしまうかもしれない。

「反則」

「え？」

「そんなかわいいこと言われたら離したくなくなる」

これでもかというくらい全力で抱きしめられて苦しくなった。

十夜の背中を叩いて意思表示したところで腕の力は緩む。

「どうだ参ったか？　俺の特製まんじゅう」

「ふふ、参りました」

「陽鞠のえくぼ、いただき」

私のえくぼを指先でつつく十夜の笑顔を見るだけでうれしくなる。

ケーキの味を思い出させてくれたのも、えくぼを取り戻してくれたのも全部十夜のおかげだ。

泣くことを許してくれる十夜は誰よりも愛おしい。


落ちつくまで寄り添ったあと、私たちはまたお菓子の水槽エリアへ戻った。

売店からは食欲を誘う香りが漂っていて、自然と私のお腹も悲鳴を上げる。

朝ごはんを早く食べたせいもあって腹時計が狂っているらしい。

「ちょっと早いけど昼にするか？」

「なんでわかったの？」

「陽鞠のことならなんでもわかるよ」

私の手を引きながら嫌な顔ひとつせず売店へ向かってくれる十夜には、まったく頭が上がらない。

花より団子な今の私は女子力に欠けている。

売店の上にある大きなメニュー表には写真とともにメニューが載せられていて、お菓子とコラボをしているからかメニューもかわいらしいものばかり。

「陽鞠、よだれ垂れてる」

「ごめん！」

「食いしん坊め。どれにすんの？」

全部と言いたいところだけれど、さすがに初デートでそんなはしたない真似はできない。

コラボデザートは全部で三種類あり、どれもおいしそうで選びきれない。

とりあえず無難にパスタと、妥協してデザートをふたつ注文。

続いてお会計をしようと出した財布は、なぜか十夜の手によりカバンに押し込められた。

「俺が払うから」

「自分の分は自分で払うから大丈夫だよ。チケット代も払ってもらってるし」

「こういう時は素直にありがとうって言っておけばいいんだよ」

「あ、ありがとう」

うまく言いくるめられて素直に頷いてしまった。

結局お会計は十夜が全部してくれて、なぜかデザートもおまけで注文してくれていたらしく全種類のデザートを食べられることになった。

「そのチケットをカウンターに持ってけばデザートくれるってさ」

「やったー！　十夜ありがとう」

「どういたしまして」

私はパスタ、十夜はカレーを食べ終え、先ほどのチケットを店員さんに渡すと、しばらくして大本命のデザートがテーブルに運ばれてきた。

ひとつ目はイルカの形をしたショートケーキ、ふたつ目はオレンジムースでコーティングされたチョコレートケーキ、三つ目は糸飴《いとあめ》で作られた格子状のドーム内に隠されたミルフィーユだ。

「どれから食べよう」

「どうせショートケーキだろ？」

「あったりー」

イルカの形に見立てたショートケーキがあまりにもかわいくて、食べるのを迷ってしまう。

頑固一徹《がんこいってつ》のお父さんがこのケーキを見たら、これはショートケーキじゃないと口を尖らせそうだ。

イルカの尻尾部分をフォークですくい口内へ運べば、ショートケーキの味がふわっと鼻腔を抜けていく。

ケーキをおいしいと思えることが、こんなにもうれしいことだとは思わなかった。

「十夜が頑張ってくれたから、ケーキをおいしく食べられるようになったよ」

「改まってどうした？」

「言いたかっただけ」

「じゃあ、そのショートケーキ俺にもちょうだい」

フォークを奪うわけでもなく十夜はその場で口を開けて待機をし始める。

もしかしなくても、これは食べさせろという意味なのだと思う。

まわりの目が気になるけれど、今日は十夜のために頑張ると決めた。

「はい、十夜」

フォークですくったショートケーキを口元まで運ぶと、十夜は満面の笑みでそれを頬張り笑みをこぼした。

「うまい！」

モグモグとショートケーキを味わう十夜は、とてもうれしそうだ。

漫画でこういうシチュエーションはあるし、昔も無意識にこういうことをしていたけれど、恋人らしいことをしている自分が急に恥ずかしくなった。

でも、私も十夜に同じことをしてもらいたくて、今度は身軽になったフォークを十夜に手渡す。

「どうした？」

「私も食べさせてほしいな、と思って」

「あのさ、陽鞠の甘えモードかわいすぎてヤバイんだけど」

十夜から放たれる不意打ちのかわいい発言には、どうも慣れない。

震える私の手からフォークを取ると、十夜はショートケーキをすくい私の口元まで運んでくれた。

「ほら、あーん」

じっと見つめられて緊張は最高潮。

パクリとそれを頬張ったけれど、うれしい気持ちが勝ってショートケーキを味わう余裕がなかった。

「今日の陽鞠は甘えモードだな」

「変、かな」

「ううん。かわいいよ」

もうダメかもしれない。

十夜の言葉ひとつひとつが心臓を叩いてくる。

それを隠すように他のデザートも十夜と半分こして、私たちは早めの昼食を終えた。

満たされたお腹を落ちつけてからはイルカやアシカのショーを見て楽しんでいたけれど、楽しい時間はあっという間にすぎてしまうもの。

夕方くらいには家に帰る予定でいたから、気づけば水族館にいられる時間もわずかとなった。

「もう帰る時間になっちゃう」

「そんなに俺といたい？」

「ずっと十夜といたい。十夜は私といたくない？」

「やっぱり今日の陽鞠は甘えモードだ」

ワガママを言ってしまったのかと思い足を止めれば、それに合わせて十夜の足も止まる。

慣れないことをすると、こういうことになってしまう。

気まずくなってつながれたままの手に視線を集中していると、ふいに十夜に抱き寄せられた。

行き交う人々は水槽に夢中で、私たちに視線を送るものはいない。

「十夜？」

「俺もずっと一緒にいたいよ」

「ほんと？」

「うん。陽鞠さえいればそれでいい」

今日だけで十夜語録ができてしまいそうなくらいうれしい言葉を与えられて、どうにかなってしまいそう。

いつも言い合いをしているから、こういう甘い言葉はダイレクトに伝わってくる。

「最後に寄りたい所があるんだけど付き合ってくれるか？」

「もちろん」

向かった先は、魚と一緒に泳いでいる気分になれるアクアトンネルという場所だ。

私たちは、その碧々《あおあお》とした空間へ吸い込まれるようにして足を踏み入れた。

アーチ型のトンネルの外にはイルカや魚が自由自適に泳いでいて、幻想的な世界が広がっている。

「お腹にハートマークのあるエイがいて、自分の上を三回泳ぐのを見届けたらいいことあるらしいよ」

「じゃあ三回泳いでもらうまで、ここにいても大丈夫？」

「陽鞠のお願いを俺が断ると思う？」

「ありがとう」

手すりに身を寄せてエイを探し始めると、十夜は私の後ろに回って背中から抱きしめてきた。

つないだままの手はまだ離されず、密着する体勢に緊張が走る。

そのまま髪にキスをしているみたいに顔を寄せられて、エイどころではなくなってしまった。

「十夜、もう少し離れてくれないとエイを探せないよ」

「暗いし、みんな気にしてないから大丈夫」

「そういう問題じゃなくて」

「あ、エイ発見」

「どこ⁉」

こちらへ向かってくるエイは、ひらひらと優雅に泳ぎながらトンネルをなぞるようにして私たちの真上へきた。

確かに白いお腹には灰色のハートマークがきれいに描かれている。

「本当にハートだね！」

「うん。あと二回泳いでくれるといいな」

ぎゅっと抱きしめる腕に力が入って、より一層密着する体は熱を帯びていく。

ここが水族館でよかった。

耳まで真っ赤にしていることを知られたら、恥ずかしくてたまらない。

それから数分もしないうちに先ほどのエイは戻ってきて、私たちの真上をのんびりと泳いでいった。

「あと一回だね。これは案外早くクリアできるかも」

「そう言ってるとクリアできないかもよ？」

「十夜の意地悪」

「陽鞠がかわいいから意地悪するんだよ」

さらりと恥ずかしいことを言われて、言い返すことができなかった。

私ばかりがドキドキしていて不公平だと思ってしまうのは、十夜の様子がいつもと変わらないからなのかもしれない。

大胆な行動をしているのに冷静でいるからよりそう思う。


それからというものエイは遠回りをしているのか、なかなか姿を現してくれず時間だけがすぎていった。

悲しいことに、いくら見回してもエイの姿は見当たらない。

「あと一回なのに。エイ寝ちゃったかな？」

「寝ちゃったかもな」

「残念。ワガママ聞いてくれてありがとう十夜」

あと一回を残したところでギブアップ。

諦めて手すりから離れようとした時だった。

背中から抱きしめたままの状態で十夜はつないでいる手だけを離し、その両手は私の目の前にかざされた。

「どうしたの十夜？」

「あと一回。ちゃんと見せてあげるから」

その両手はハートマークを作り、トンネルに沿って私の頭上までゆっくりと動かされていく。

手で作られたハートマークの間を魚やイルカが泳ぎ、ハートの水槽は私の頭上で止まった。

「これで三回。俺の小細工だけど、一応ハートマークのエイってことで」

「十夜好き！」

うれしさのあまり、人目を気にせず十夜の胸に飛び込んだ。

こんなロマンチックなことをされたら抱きつかずにはいられない。

「積極的ですね、陽鞠さん」

「だってうれしかったから」

「ならよかった」

優しく髪を撫でられて好きが溢れていく。

十夜が好きで、誰よりも好きで、この気持ちは止まらない。

「好き、十夜のこと」

「俺もだよ」

「十夜が大好きなの」

今ある気持ちは今伝えないと届かなくなってしまうと思うから、声に出して届けたいと思った。

言いたいことを言えずに別れることは何よりも悲しいことだから。

抱きつく私を優しく離すと、壊れものを扱うようにしてそっと頬に手が添えられた。

「俺はもっと陽鞠が好きだよ」

十夜の温もりが伝わってきて、それに応えるように自分の手を重ねる。

「陽鞠はジンクスって信じる？」

「ジンクスって？」

「ハートマークのエイを三回見たら、好きな子とキスできるんだってさ」

お互いの瞳を見つめ合いながら近づく距離。

高鳴る鼓動は隠せない。

今だけは、この碧々とした幻想的な世界に二人きり。

距離が近づくと同時にゆっくりと瞼を閉じて、私たちは触れるだけのキスをした。

「さっそくいいことあったな」

「もうバカ」

初めてのキスは緊張で余韻に浸る余裕がなかったけれど、忘れられない思い出の一ページになった。

唇に残った温もりを指先で確かめながら、お互いに幸せを噛みしめる。

はにかむ私たちは再び手をつなぎ、アクアトンネルを抜けるまでずっと寄り添っていた。

最後に寄ったお土産コーナーは大混雑で、すれ違うたびに誰かと肩がぶつかる。

みんな考えることが同じで、最後にお土産という感じなのだろう。

「おばさんたちへのお土産は、この水まんじゅうにしよっかな」

「和菓子処香月への手土産が水まんじゅうってケンカ売ってる？」

「いろんなお店のおまんじゅうを食べて研究すべきです」

有無を言わさずカゴにそれを入れ、次のお土産探しに移る。

足を止めたのはキーホルダーが売られているコーナー。

オージがまだ心臓移植をする前、みんなでお揃いの黒いショルダーバッグを持って

いた。

今はそれも必要なくなって、私たちは体操服入れとして使っているから毎日は持ち歩いていない。

「みんなでお揃いのキーホルダーつけたいな」

「男がキーホルダーってダサいから」

「えー」

「みんな一緒なら持ってやらなくもないけど」

すると、十夜はあるキーホルダーを手に取って私に見せてきた。

イルカがイニシャル入りのボールを持っているキーホルダーだ。

「イルカは幸運の象徴って言うし、みんなが幸せになれますようにって意味を込めて俺はこれをオススメします」

「決まり！」

十夜の機転により、お揃いのキーホルダーを選ぶことができた。

みんなの喜ぶ顔が見られるといいのだけれど。

それからお会計をすませ、後ろ髪を引かれる思いで水族館をあとにした。

家の最寄り駅まで片道四十分。

早起きで気を張っていたのもあり、電車のボックス席に腰を下ろすなり睡魔が襲ってきた。

「眠い？」

「うん、ちょっと」

「じゃあ俺にもたれていいよ」

私の体を抱き寄せると、寝かしつけるように髪を撫でてきた。

お母さんにも昔よくしてもらっていたっけ。

なかなか寝つけない私の髪を撫でながら、眠りにつくまで絵本を読んでくれた。

昔の記憶なのに、まだ新しい記憶のように思い出せる。

「私もお母さんみたいになれるかな」

「なれるよ。陽鞠はおばさんに似て優しいし」

「十夜も私のお父さんに似てるよね」

「どこが？」

「和菓子一筋のくせに洋菓子を溺愛してるとこなんてそっくり」

永遠があると思っていたあの頃、私は来るであろういつもどおりの明日を思い描いて眠りについていた。

厨房から漂ってくる甘い香りが目覚まし代わりで、一日の始まりは両親の弾けるような笑顔だった。

その笑顔も声も、両親が愛を込めて作っていた洋菓子の味も忘れたことはない。話せないけれど、触れられないけれど、私の中に両親は生き続けている。

「十夜がね、隣で生きていこうって言ってくれてすごくうれしかったんだ」

「そっか」

「私のそばにいてくれるんだって思ったら心強かったの」

十夜とはライバルだったし、パティスリー春川が閉店したら関わりはなくなってしまうと思っていた。

どんどん距離が開いて、ライバルだったことすら忘れ去られてしまうのではないかと内心怯えていたけれど、そうではなかった。

私との距離を今まで以上に縮めてきて、暗闇から一緒に抜け出してくれた。

「俺も陽鞠がいたから今を生きられてる」

「なんか照れる」

「陽鞠も散々恥ずかしいこと言ってるし」

ぷにっと私の頬を優しくつねって照れ隠しをする十夜に、私は全体重を預けて瞼を閉じる。

視界が遮られて真っ暗な世界にいるのに怖くない。

十夜が髪を撫でてくれているから、ひとりではないと思える。

「ついたら起こすからゆっくり寝てて」

「うん、おやすみなさい」

「おやすみ」

電車の車輪が線路を走っていく音は次第に遠くなる。

かすかに聞こえた愛の言葉を最後に、私はそのまま眠りについた。


「おかえり、お二人さん」

十夜の家に帰ると、なぜかいつものメンバーが集まっていた。

お店の隅にある小さなイートインコーナーでモチコはいちご大福、イトケンはおまんじゅう。

そして、オージはすでにふたつ目のプリンを頬張ろうとしている。

「初デートの感想を聞こうと思ってさ」

「さっさと帰れ」

「あれれ、相談に乗ったこのオージ様に、そんな態度とっていいんだ?」

憎たらしい返答に十夜はため息を漏らした。

初デートの相談をさせてしまったのは私のせいでもあるし、穏便にすませるため私が下手《したて》に出れば十夜の機嫌はさらに悪くなる。

「陽鞠はそうやってすぐ潤の機嫌をとるよね」

「だって十夜が怒ってるし、なだめるのが私の仕事じゃん」

「仕事って、そんな義務を押しつけた覚えはないんだけど」

初デートではこれ以上ないくらいいいムードだったのに、ここまで落差があると逆に笑えてきてしまう。

拗ねる姿が小さい頃の十夜と重なって懐かしくも思えた。

「なに笑ってんの陽鞠」

「小さい頃の十夜みたいって思ったらおかしくて」

「陽鞠も、あの頃からなーんも変わってないから」

「どうせ私は憎たらしい女です」

「そうじゃなくて」

後ろ髪をかきながらチラチラと私のほうを見てくる。

わずかに頬を赤く染めた十夜は、意を決したように唇を動かした。

「陽鞠はあの頃からずっとかわいいよ」

十夜の頬が赤く染まるのと同じように、私の頬もみるみるうちに赤くなる。

二人して沈黙し、慣れないやりとりに耐えきれず俯いた。

和菓子店の息子は、どんどん糖度を上げていく。

いつか落雁よりも甘い男の子になってしまうかもしれない。

そんな乙女思考を展開したところで、イトケンが面倒くさそうに言葉を投げてきた。

「イチャついてるところ悪いんだけど、俺たちそろそろ陽鞠ちゃんちに行きたいんだよね」

「どうして私の家？」

「オージが入院中ずっとお世話になってたから、そのお礼をしに」

病気のせいで入退院を繰り返していたオージのために、イトケンとモチコがパティスリー春川のケーキを退院祝いで買ってくれていたことを思い出す。

両親の作ったケーキが誰かの生きる支えになっていて、それがつないだ奇跡が今ここにある。

物事は必ず線で結ばれるようにできているのかもしれない。

「うれしい。きっと喜ぶと思う」

「私も陽鞠ちゃんと仲よくさせてくれてありがとうって言うんだ」

みんなとの出逢いもきっと両親が運んできてくれたものだと思うから、これからもずっとこのつながりを大切にしていきたい。

十夜のおばさんとおじさんに挨拶をしてから、私たちは向かいにある春川家へと足を運んだ。

一階のリビングから見える位置に両親の仏壇はある。

遺影に写る二人は、今もあの頃と変わらない優しい笑みを浮かべていて幸せそうだ。

「陽鞠ちゃんの笑った顔はお父さん似だな」

「そうかな？」

「髪質はお母さん譲り？」

「うん。お母さんも猫っ毛で」

遺影の両親と私を見比べるオージは相変わらずお喋りで、余計な心配はいらなかったらしい。

悲しい表情をされるかなと内心思っていたから、少しだけ肩の力が抜けた気がする。

オージは仏壇にお線香をあげると両手を合わせ始めた。

「おじさんとおばさんのケーキ、とてもおいしかったです。おかげで俺、ここまで元気になりました」

心の内でそれを言わないのは、きっと私にも聞いてもらいたいからだと思う。

オージは誰よりも死に近い場所で生きてきたから、その場所へ逝ってしまった両親がどれほど悔しい思いをしているのかを理解している。

大切な人を喪った私や十夜の苦しみを、きっとここにいる誰よりも理解している。

「陽鞠ちゃんと十夜には俺たちがいるんで、そっちでおいしいケーキ作って待っててくださいね」

めずらしくいいことを言うな、と感心したのが間違いだった。

「最期まで二人の面倒見てくたびれた俺に、またあのおいしいケーキご馳走してもらうんですから」

まるで両親の代わりに私たちの世話役を引き受けるみたいな言い方に、十夜がいち早く反応した。

そして、眉間にシワを寄せてため息をつくと呆れたように言う。

「くたびれるのはこっちだ」

「どうだか。俺がいなかったら二人とも初デートすらできてなかったろ？」

「別に」

「初キスもできなかったろ？」

その言葉に私と十夜が一瞬肩を動かしたのを、オージは見逃さなかったらしい。

ニタニタと不敵な笑みをこぼしながら私たちを見つめている。

これも全部オージの罠。

初デートの情報を聞き出すために、うまいこと流れを作ったオージの勝利だ。

「へぇ、初キスしたんだ？」

「うるさい」

「これだから香月さんちの十夜くんは詰めが甘いんですよ？」

仲がいいのか悪いのかわからない二人を、モチコとイトケンは白い目で見ている。

これが私たちのいつもの光景だ。

この一瞬にしか見られない光景は、どれも特別なもの。

両親の死が教えてくれたかけがえのない時間を、私はあとどれだけ生きられるのだろう。

沈みかけた心をすくい上げてくれたのも、またオージだった。

「明日なんかないかもしれないけど、俺たちは〝今〟一緒にいるんだからそれでいいんだよ」

その場にいた全員がオージの言葉に頷き笑みをこぼした。

一秒先、一分先に何が起こるかなんてわからないけれど、今この瞬間、私たちは確かにここにいる。

みんなと肩を並べて生きている。

「オージって意外に真面目だよね」

「俺、これでも成績上位者なんですけど？」

「あ、そういえば、みんなにお土産を買ってきたんだ」

「ガーン。陽鞠ちゃんがスルーの技を習得した」

いちいち反応を示すオージを黙らせるのは、幼なじみであるモチコとイトケンの仕事だ。

二人がなだめている間にお土産袋から十夜がチョイスしたイニシャル入りのキーホルダーを取り出し、それをみんなに配っていく。

「かわいいキーホルダーだね！」

「みんなでお揃いの持ちたいなと思って」

「陽鞠ちゃんナイス」

キーホルダーを頬に当てて大事そうにするモチコは、うれしそうに賛同してくれた。

男子陣の反応を確かめると意外にも好感触のようだ。

「男が持つにはかわいすぎるけどいいんじゃない？」

イトケンはとくに表情を変えないけれど、それを大事そうに握りしめ、オージも普通に喜んでいる。

十夜チョイスのキーホルダーは功を奏し、みんなを笑顔にする。

うれしくて、隣にいる十夜に小声でお礼を伝えることにした。

「さすが十夜、ありがとう」

「お揃いっていいよな、いつも一緒にいるみたいに思えるから」

「そうだね」

「俺はお揃いなんてなくても、ずっと陽鞠と一緒にいるから覚悟しといて」

私の猫っ毛を、これでもかというくらい手でグシャグシャにされた。

これが十夜なりの照れ隠しだということはわかっている。

わかっているけれど、それにあえて反応するあたり私はまだ子どもだ。

「髪ボサボサになるからやめてよ」

「そんな陽鞠も俺はかわいいって思うんだけど、ダメ？」

「そ、そういうこと言わないで！」

「あはは、かわいい」

最後の最後まで甘い十夜は、私の恋心をひとりじめする天才だと思う。

心臓が騒がしくて仕方がない。

言い返せずにいる私に、イトケンは呆れたように視線を送ってきた。

「ちょっと目を離した隙にイチャつくよね二人は」

『イチャついてません！』

思わず十夜と私の声が重なる。

「まあ、でも参考になるし、どうぞイチャついて」

笑顔に包まれるこの一瞬は宝物。

限りある時間の中で私たちは経験し成長していく。

それからみんなを見送り、私と十夜も初デートを終えようとしていた。

家はすぐ目の前で窓から顔を覗かせれば見える距離なのに、離れるのが寂しくて私は最後に十夜の特製まんじゅうをおねだりする。

「十夜、最後に特製まんじゅうしてほしい」

「特製まんじゅうって？」

わかっている癖にこうやって意地悪をしてくるのだから、頬を膨らませてしまう。

イタズラに口角を上げながら私の返事を待つ十夜は、じつに楽しそうだ。

ぎゅってしてくれるやつ、と照れながら言えば、早送りしたみたいなスピードで私の体は十夜に抱きしめられる。

続いてぎゅっと腕に力を加えられて、十夜の胸元に私の顔が埋まった。

耳に届くのは、いつもより速い十夜の鼓動音。

それに伴って私の鼓動も速くなる。

「俺はこれからもずっと陽鞠が好きだよ」

「うん、私も」

一度緩んだ腕は私たちの距離を離し、十夜の両手は私の頬を包み込んだ。

温かくて大きな手は私の喜怒哀楽すべてを知っていて、そのすべてを受け止めてくれる。

その手にそっと触れて十夜と見つめ合う。

「俺の隣には陽鞠が必要です」

「私の隣にも十夜が必要です」

幼なじみでありライバルでもあったあの頃、私たちが恋人になるだなんて考えてもいなかったけれど、共に苦しみを越え想いを伝え合えたことで新しい未来が切り開かれた。

恋心を隠してライバル関係を続けるしかないと思っていたから、今でも不思議な気分になる。

命には限りがある。あの時のように別れが突然くることもあるだろう。

だからこそ、今という時間を大切にしなければならないのだと気づくことができた。

日常に溢れた幸せを噛みしめながら、それを誰かと共有していきたいと思う。

「これからも一緒に生きていこうな」

「うん！」

額を重ね合わせてくすりと笑う私たちは、心から幸せを噛みしめている。

あの頃には想像できなかった幸せな時間は確かに今、時を刻んでいるのだ。

「陽鞠、好きだよ」

「私も十夜が好きだよ」

最初から最後までとびきり甘い十夜との初デートは、幸せで満ち溢れていた。
足踏みをしてしまったけれど、それがあったから今の私たちがある。
スタートがバラバラでも、歩幅が違ってもいい。
その先には必ず待っていてくれる人がいるから。
立ち止まっても迎えに来てくれる人がいるから。
だから私は、みんなとここで生きていこうと思う。
今しか生きられない一瞬を、みんなで。

END.

あとがき

はじめまして、柊さえりです。

このたびは数ある作品の中から「お前が好きって、わかってる？」をお手に取っていただき、本当にありがとうございます。

今回、スターツ出版で開催された『一生に一度の恋』小説コンテストで優秀賞という身に余る光栄な賞をいただき、感謝の気持ちでいっぱいです。


この作品は、コンテストのテーマでもあった『一生に一度の恋』を軸に、命に焦点を当てながらもどかしい恋心を描こうと筆を進めていきました。

今この瞬間も、この恋が最初で最後だと思いながら全力で恋愛している方がたくさんいらっしゃると思います。ライバルであるがゆえ、叶えてはならない恋心を抱く陽鞠と十夜もそれに然《しか》り。陽鞠への一途すぎる十夜の言動は、書いている私自身がくすぐったかったです。限りある時間の中で二人がどのように想いを伝え合うか、そう考えた時に浮かんだのが、死と隣り合わせで生きているオージでした。

じつは、この作品を作ろうと思ったきっかけは友人の死でした。

当たり前に過ごしていた日常から〝当たり前〟が消えてしまう悲しみ。また明日、また今度。そう言っている間に貴重な時間は過ぎていきます。

あの時こうしていたら、ああしていればという〝たられば〟で過ぎていく時間の中で、葛藤《かっとう》を抱えつつも前に進もうとみんな気づかないところで努力をしています。さらに、自分を見失っている時ほどまわりには誰かがいて、支えになろうとしてくれているのだということを伝えたいなと思い、この作品が完成しました。

個人的にお気に入りでもあるオージですが、彼の前向きな姿勢に感化されて動き出そうとするキャラクターたちの生き方は、いかがでしたでしょうか。番外編ではオージを絡ませつつ甘々に書いてみたので、楽しんでいただければ幸いです。


長くなってしまいましたが、最後まで読んでくださった読者の皆様、素敵なカバーイラストと口絵を描いてくださったわわこ様、本当にありがとうございます。これからも何かを伝えられるよう精一杯頑張りますので、よろしくお願いします。

二〇一九年四月二十五日　柊さえり

柊さえり（ひいらぎ さえり）

関東在住の看護師。隙間時間にアニメを観たり小説を書いたりしている。俺様率高めの小説が多い。ディズニーが好きで、推しはチップとデール。本作で、ケータイ小説文庫累計500冊突破を記念して開催された「『一生に一度の恋』小説コンテスト」にて優秀賞を受賞し、初の書籍化。現在はケータイ小説サイト「野いちご」にて執筆活動中。

わわこ

大阪府出身のフリーランスのイラストレーター。絵を描くこと、食べることが好きな、8/10生まれのAB型。

柊さえり先生への
ファンレター宛先

〒104-0031　東京都中央区京橋1-3-1　八重洲口大栄ビル7F
スターツ出版（株）　書籍編集部気付　柊さえり先生

この物語はフィクションです。
実在の人物、団体等とは一切関係がありません。

お前が好きって、わかってる？

2019年4月25日　初版第1刷発行

著　者　柊さえり　

発行人　松島滋

イラスト　わわこ

デザイン　齋藤知恵子

DTP　朝日メディアインターナショナル株式会社

編集　長井泉
酒井久美子

発行所　スターツ出版株式会社
〒104-0031
東京都中央区京橋1-3-1 八重洲口大栄ビル7F
出版マーケティンググループ TEL 03-6202-0386
（ご注文等に関するお問い合わせ）
https://starts-pub.jp/

印刷所　共同印刷株式会社
Printed in Japan

ISBN 978-4-8137-0667-0　C0193

恋するキミのそばに。

野いちご文庫人気の既刊！

『あの時からずっと、君は俺の好きな人。』

湊《みなと》祥《しょう》・著

高校生の藍は、6年前の新幹線事故で両親を亡くしてから何事にも無気力になっていたが、ある日、水泳大会の係をクラスの人気者・蒼太と一緒にやることになる。常に明るく何事にも前向きに取り組む蒼太に惹かれ、変わっていく藍。だけど蒼太には悲しく切なく、そして優しい秘密があって――？

ISBN978-4-8137-0649-6　定価：本体590円＋税

『それでもキミが好きなんだ』

SEA《シー》・著

夏葵は中３の夏、両想いだった咲都と想いを伝え合うことなく東京へと引っ越す。ところが、咲都を忘れられず、イジメにも遭っていた夏葵は、３年後に咲都の住む街へ戻る。以前と変わらず接してくれる咲都に心を開けない夏葵。夏葵の心の闇を聞き出せない咲都…。両想いなのにすれ違う２人の恋の結末は!?

ISBN978-4-8137-0632-8　定価：本体600円＋税

『キミに届けるよ、初めての好き。』

tomo4《トモヨ》・著

運動音痴の高２の紗百は体育祭のリレーに出るハメになり、陸上部で“100《ヒャク》mの王子《プリンス》”と呼ばれているイケメン加島くんと2人きりで練習することに。彼は100mで日本記録に迫るタイムを叩きだすほどの実力があるが、超不愛想。一緒に練習するうちに仲良くなるが…？　2人の切ない心の距離に涙!!

ISBN978-4-8137-0615-1　定価：本体600円＋税

『初恋のうたを、キミにあげる。』

丸井《まるい》とまと・著

少し高い声をからかわれてから、人前で話すことが苦手な星夏は、イケメンの慎と同じ放送委員になってしまう。話をしない星夏を不思議に思う慎だけど、素直な彼女にひかれていく。一方、星夏も優しい慎に心を開いていった。しかし、学校で慎の悪いうわさが流れてしまい…。

ISBN978-4-8137-0616-8　定価：本体590円＋税

書店店頭にご希望の本がない場合は、書店にてご注文いただけます。